LLADDWR –
diwrnod gwallgo

D1080853

LLADDWR –
diwrnod gwallgo

Llion Iwan

Gomer

Argraffiad cyntaf – 2005

ISBN 1 84323 562 5

Dymuna'r cyhoeddwyr gydnabod cymorth
Adrannau Cyngor Llyfrau Cymru

Cyflwynir y gyfrol hon
i Caio Llŷn a Celt Madryn

'Never forget, MI6 really does have a licence to kill.'

Syr Richard White, 'C', cyn-bennaeth MI6

Helfa

Llamodd y llwynog ar draws y lôn amrantiad yn unig cyn i'r car sgrialu'n flêr rownd y gornel gyda'r brêcs, y peiriant a'r teiars am y gorau'n sgrechian eu protest. Crafangodd drwy'r mieri trwchus cyn carlamu drwy'r nos am ei ffau, gan synhwyro pa mor agos y daeth at gael ei ladd.

Un arall fu bron â cholli'i fywyd y noson honno oedd William Huws, ffermwr lleol. I ddathlu'i ben-blwydd yn drigain, roedd wedi treulio'r noson gyfan yn yfed yn y dafarn ar waelod yr allt ger y bont, y dafarn honno â'r waliau trwchus, gwyngalchog. Er ei fod yn hen lanc, taerai gyda'r yfwyr eraill ei fod yn dal llygad merch y dafarn. Yn ddistaw bach roedd meddwl am y ffermdy unig yn ei ddiflasu fwyfwy bob blwyddyn.

Roedd yn noson glir, serennog, er gwaetha rhybudd dyn y tywydd y gallai stormydd godi yn yr ardal. Gwthiodd William ei gap stabal 'nôl ar ei ben er mwyn ceisio gweld yr Aradr, tasg amhosibl gan ei fod yn siglo fel brwynen yn y gwynt. Sylweddolodd yn ei feddwdod ei fod yn simsan a chymerodd gam yn nes at ochr y ffordd i geisio pwyso ar foncyff.

Dyna pryd y clywodd sgrech y car drwy'r cymylau yn ei ben, eiliad cyn iddo weld y golau, a neidiodd i gysgod diogelwch y wal gan ddiawlio'r gyrrwr. Trawodd ei ben-glin mor galed nes y bu bron iddo â chyfogi a theimlodd y drain yn rhwygo trwy'i ddillad.

Rhegodd wrth geisio codi'n flêr, ei goesau'n llithro ym mwd y ffos a'i ddwylo'n gwyntyllu. Llwyddodd i stryffaglu ar ei draed ond roedd wedi colli'i anadl yn lân. Meddyliodd y byddai'n dda gallu codi carreg i'w thaflu ar ôl y car fu bron â'i ladd. Arferai fod yn focsiwr a doedd dim byd gwell ganddo, hyd yn oed nawr, na rhoi cweir i rywun – yn enwedig ac yntau wedi bod yn yfed.

'Be goblyn haru chdi'r diawl uffar? Ti'n trio'n lladd i neu rwbath? Aros di i mi gael gafael arnat ti . . .' Roedd yn bytheirio a thuchan am yn ail er bod rhuo'r car yn pellhau a'r goleuadau wedi diflannu dros gopa'r allt ac i lawr i'r pant yr ochr arall. Eisoes gallai ddychmygu'i hun yn rhoi dwrn i rywun am hyn. Teimlodd ei waed yn poethi wrth feddwl am ddial ar y gyrrwr.

Yna sobrodd. Diflannodd pob breuddwyd am ddial wrth i'r noson ddistaw, ddi-awel newid ei chymeriad ar amrantiad. Clywodd y gwynt yn cryfhau'n annaturiol o gyflym nes bod canghennau'r coed yn ysgwyd yn orffwyll a cherrig mân a baw yn cael eu chwipio i'w wyneb. Ond roedd ei lygaid wedi'u hoelio ar agor. Fyddai o byth yn anghofio'r hyn a welodd.

Daeth cysgod du, tywyllach na'r nos ei hun, i lyncu'r lleuad. Sugnwyd y nerth o'i goesau a theimlodd ias oer ym mhwll ei stumog. Gallai deimlo'i galon yn curo fel gordd.

Yna gwelodd ddwy lygad goch yn agor a syllu arno o ganol y ffordd. Dechreuodd y llygaid ddod yn agosach ato, gan droi yma ac acw fel pe baent yn ceisio'i synhwyro, cyn troi tuag ato. Roedd William Huws wedi'i hoelio i'r fan. 'Mae'r diafol wedi ngweld i!' meddyliodd. Cyflymodd cripian y llygaid coch tuag ato cyn llamu ar ei frest.

Gollyngodd ei goesau ef yn swp ar y llawr a mygwyd

sgrech yn ei wddf wrth iddo geisio chwipio'r diafol â'r llygaid coch oddi arno. Roedd y cysgod du yn dal i hofran uwch ei ben a theimlodd y gwynt yn torri'n donnau ar ei wyneb a sŵn pwmpio gwaed yn uchel yn ei glustiau. Llwyddodd rhywsut i symud a dechreuodd redeg nerth ei draed i lawr y ffordd. Am y tro cyntaf ers pan oedd yn bymtheg oed gweddïodd am gymorth wrth ddal ati i guro'i frest a thaflu pob math o ddiawliaid oddi arno. Wnaeth William Huws byth ddychwelyd i'r dafarn.

*   *   *

Yn hofrenydd *Puma HC1* arbennig y Llu Awyr, oedd wedi'i phaentio'n ddu o'i thrwyn i'w chynffon, roedd criw o chwech o adran ddiogelwch *Special Intelligence 14* y fyddin – dau beilot a phedwar milwr – a'r rheiny wedi'u gwisgo mewn du o'u corun i'w sawdl. Nid oedd yr un marc, insignia nac enw y gellid eu hadnabod ar eu dillad.

Roedd y pedwar milwr yn gwisgo gwregysau diogelwch oedd yn eu galluogi i bwyso allan o'r hofrenydd a pharhau i ddal eu gynnau *Heckler & Koch* yn eu dwy law. Trwy gyfrwng y gwydrau nos *infra red* ar eu talcen, câi'r tywyllwch ei droi'n olau dydd gwyrdd annaturiol. Roedd pob golau ar yr hofrenydd wedi'u diffodd.

'Na, dim fo ydi hwnna; mae'r car newydd ddod i'r golwg i lawr fan'cw. Dwi'n mynd ar ei ôl o,' meddai'r ail beilot, Simon Jones, dros y radio mewnol wrth iddo droi trwyn yr hofrenydd.

Chwysai dwylo Simon yn y menig trwchus, ond nid y tymheredd oedd yn gyfrifol am hynny. Dyma'r tro cyntaf iddo fod ar gyrch swyddogol, yn hytrach nag ymarfer. Roedd y cod arbennig, D16, a gafodd o law prif swyddog yr Awyrlu yn y Fali, yn golygu bod yr hawl ganddynt i hedfan heb orfod cadw lòg swyddogol, y tro cyntaf erioed i Simon wneud hynny – a thorri pob rheol oedd yn bodoli. Yn wahanol i'r arfer roedd hefyd yn gorfod ufuddhau i unrhyw orchymyn a gâi gan y milwyr, er bod ei ranc fel capten yn yr Awyrlu yn uwch na ranc y lefftenant oedd yn eu harwain nhw.

Cododd y ddau filwr ar yr ochr chwith eu gynnau â'u goleuadau targed laser coch oddi ar gefn y ffermwr oedd yn dal i redeg i lawr y ffordd. Eisteddodd y ddau yn ôl, ond welai Simon ddim o'u hwynebau dan y masgiau du. Nid oedd wedi gweld wynebau'r un o milwyr ers iddynt neidio o'r jîp yn syth i mewn i'r hofrenydd. Cafodd eu cyflwyno iddynt fel Coch Un, Dau, Tri a Phedwar. Roedd yn ei atgoffa o olygfa o'r ffilm *Clockwork Orange*.

Rhyfeddodd Simon eto at dechnoleg yr hofrenydd. Dim ond ers mis yr oedd wedi gweithio gyda'r adran arbennig, gyfrinachol hon, wedi i'r gwasanaethau cudd dreulio deufis yn gwneud ymholiadau manwl i'w gefndir. Doedd nemor ddim sŵn gan y peiriant gan fod *mufflers* cryf arno, ac roedd wedi'i orchuddio â phaent a adlewyrchai offer radar gan ei wneud y nesaf peth at fod yn anweledig.

Teimlai Simon yn anesmwyth iawn gan ei fod yn torri llond trol o reolau a chanllawiau hedfan a gweithredu, ond pan fyddech yn cael gorchymyn gan uwch-swyddog, pa ddewis oedd gennych? Dim ond dilyn gorchymyn ydw i, meddyliodd, a dyma dwi wedi fy hyfforddi i'w wneud. Er hynny roedd hyn yn mynd yn groes i'r graen i bopeth a ddysgwyd iddo ac i bopeth y credai ynddo.

Nawr roedd yn dilyn y car oedd yn agosáu at goedwig ger Llyn Clywedog, yn ôl y sgrin o'i flaen. Er cyflymed roedd y car yn teithio, gwyddai Simon nad oedd gobaith ganddo ddianc. Roedd eu gorchmynion yn berffaith glir. Atal y car ac arestio'r terfysgwr oedd ynddo, neu ei ladd.

* * *

Bu bron i Dafydd Smith golli rheolaeth ar y car wrth yrru'n rhy gyflym eto rownd y gornel. Taflwyd ef yn erbyn ffenestr y gyrrwr a tharodd ei ben yn galed er gwaetha'r gwregys diogelwch. Prin llwyddo i ddal ar y ffordd a wnaeth a cheisiodd sychu'i ddwylo chwyslyd yn ei drowsus. Teimlai bêl griced o iâ yn ei stumog, a honno'n bygwth ei barlysu.

Fel arfer byddai wedi rhyfeddu at y llwynog a groesodd y lôn yn osgeiddig dan olau'r lleuad. Ac fel arfer byddai wedi aros ac ymddiheuro i'r dyn a lamodd am ei fywyd o lwybr y car a yrrai'n orffwyll. Ond nid noson arferol oedd hon. Roedd y rhybuddion a gawsai gan y llais ar y ffôn yn fyw a chlir ac yn gweiddi yn ei ben.

'Rhed! Paid aros yn llonydd. Paid ymddiried yn neb. Paid cysylltu gyda'r un ffrind na dy deulu. Mae'r Lladdwr ar dy ôl a wnaiff o ddim, wnaiff o byth bythoedd, stopio. Os ydi o'n llwyddo i dy ddal mi wnaiff dy ladd. Os wyt ti am fyw, rhed.'

Nid oedd digwyddiadau'r pedair awr ar hugain olaf yn gwneud unrhyw synnwyr a theimlai Dafydd ei fod mewn hunllef, ond roedd y gwaed ar ei wyneb yn tystio fel arall. Roedd yn adnabod yr ardal hon o gwmpas coedwig Hafren yn dda, gan iddo dreulio dyddiau hir yn ymarfer rhedeg trwy'r fforestydd ym mhob tywydd. Diffoddodd olau'r car eto ond daliai i yrru'n galed, er dipyn yn arafach.

Ni welai unrhyw arlliw fod neb yn ei erlid, ac o'r fan hon gallai weld am gryn bellter i bob cyfeiriad. Cofiodd fod ciosg ger un o'r mynedfeydd i'r goedwig lle bu mewn dawns awyr agored anghyfreithlon ar Ŵyl y Banc gwlyb fis Awst y flwyddyn cynt.

Craffodd yn y drych, ond nid oedd wedi gweld golau unrhyw gar arall ers meitin, yn wir dim ers iddo droi oddi ar yr A470 a gyrru am filltir heb oleuadau, gan ymddiried yn llwyr yn ei gof o yrru ceir rali yn yr ardal gyda Chlwb y Ffermwyr Ifainc. Penderfynodd ei bod yn ddiogel iddo wneud galwad. Roedd angen mwy o eglurhad. Roedd angen cymorth.

Parciodd y car yn flêr ger y ciosg, ac yng ngolau'r caban chwiliodd yn ei boced am arian rhydd. Roedd y rhif wedi'i serio ar ei gof. Clywodd lais robotaidd yn dweud wrtho fod yr alwad yn cael ei harallgyfeirio, ac ymhen llai na hanner munud roedd ffôn yn canu mewn swyddfa foel ar lannau afon Tafwys yn Llundain.

'Helô.' Cyfarchiad swta glywodd Dafydd, yn union fel y tro o'r blaen. Trodd i edrych dros ei ysgwydd ond welai o ddim byd yn nhywyllwch y nos ond y lleuad yn goleuo'r lôn.

'Cyrnol? Chi sy 'na?' Oedodd Dafydd am eiliad yn unig cyn mynd ymlaen i ruthro siarad. 'Ylwch, fi sy 'ma, a dwi angen gwybod be sy'n digwydd. Mae rhywun yn ceisio fy lladd, bron iawn wedi llwyddo, a dwi'n meddwl mai'r peth callaf i wneud fasa mynd at yr heddlu.'

Ddywedodd y Cyrnol ddim byd am eiliad. Anodd credu bod cymaint yn dibynnu ar yr un dyn ifanc hwn oedd yn amlwg wedi dychryn am ei fywyd ac yn amatur llwyr. Ond eto, roedd yn amlwg hefyd ei fod yn meddu ar wytnwch anarferol, neu ni fuasai wedi gallu osgoi crafangau'r Lladdwr am ddiwrnod cyfan. Nid oedd hynny erioed wedi digwydd o'r blaen.

Cyn siarad, edrychodd y Cyrnol yn ofalus eto ar y peiriant ar ei ddesg i gadarnhau fod yr alwad yn cael ei scramblo fel na allai neb oedd yn digwydd gwrando ddeall yr un gair.

'Os ei di at yr heddlu mi alla i warantu y byddi'n farw o fewn diwrnod, un ai wedi crogi dy hun yn dy gell neu wedi cael dy roi i mewn gyda rhyw wallgofddyn wnaiff dy ladd.

'Yr unig obaith sy gen ti, fel dwi wedi egluro, ydi sicrhau bod dy stori'n cael ei chyhoeddi. Mae angen i ti gadw'r pecyn yna'n ddiogel a gwneud yn siŵr ei fod yn cael ei gyhoeddi. Unwaith y bydd y stori wedi'i chyhoeddi fydd dim pwrpas dy ladd. Tan hynny, eu hunig obaith nhw ydi dy ladd, ac mae cymaint ganddyn nhw i'w golli fel na wnân nhw oedi am eiliad. Ti'n gwybod yn iawn gymaint sydd yn y fantol iddyn nhw.'

Yr unig ateb a glywodd y Cyrnol oedd coblyn o glec tebyg i ffrwydrad cyn i'r derbynnydd droi'n fud. Roedd Dafydd Smith mewn trwbl ond allai'r Cyrnol wneud dim i'w helpu.

*   *   *

Yng nghaban yr hofrenydd roedd Simon wedi gweld y golau o'r ciosg ac yn awr roedd yn hofran hanner canllath i ffwrdd gan fod y coed uchel yn ei rwystro rhag mynd yn nes. Gallai glywed Coch Un, arweinydd y milwyr, yn siarad dros y radio gyda'i benaethiaid. Roedd ei wydrau gweld yn y nos wedi eu gwthio i fyny ar ei dalcen.

'Syr! Mae o ar y ffôn mewn ciosg ger cyfeiriad map W34 G47 gogledd ac mae'n siarad . . .' Torrwyd ar ei draws gan lais dyn canol oed yn gweiddi dros y radio o'r pencadlys:

'Siarad ar y ffôn? Be ddiawl dach chi'n neud? Stopiwch o! Stopiwch o ar unwaith, lladdwch o, lladdwch o!' Cododd llais y dyn yr ochr arall yn uwch ac yn uwch ac roedd yn hawdd adnabod y panig llwyr ynddo.

Atebodd y milwr mewn llais digyffro fel petai'n archebu paned o de. Pwyntiodd â'i law chwith at ddau o'r milwyr, yna'r rhaff ac yna allan o'r hofrenydd. Roedd ei reiffl *Heckler & Koch* yn dynn yn ei law dde.

'Alla i ofyn am gadarnhad ar y gorchymyn diwethaf, syr? A chadarnhad o'r awdurdod?'

Ar yr un pryd, tynnodd y ddau filwr, Coch Tri a Phedwar, y gynnau dros eu hysgwyddau cyn neidio wysg eu cefnau drwy'r drws agored i'r nos gan ddal y rhaff mewn un llaw.

'Wyt ti'n fyddar? Lladda fo, y funud yma, ti'n 'y nghlywed i? Gorchymyn 36 cyfrinachau arbennig ydi dy awdurdod di.' Gwich floesg oedd y llais erbyn hyn.

Wedi cael y cadarnhad a'r sicrwydd na fyddai'r cyfrifoldeb am y weithred yn disgyn ar ei ysgwyddau ef, trodd y milwr at ei gymar a phwyntio at olau'r blwch ffôn cyn taro'i dalcen ddwywaith â blaenau dau fys. Cododd hwnnw ei wn ac anelu'n ofalus ond, er gwaetha sgil y peilot, roedd yr hofrenydd yn cael ei ysgwyd ychydig o ochr i ochr gan yr awel oedd yn dechrau codi.

'Coch Tri a Phedwar, ydach chi i lawr ar y ddaear? Rhaid ei ladd ar unwaith. Ond cymerwch bwyll. Cofiwch ei fod yn arfog ac yn beryglus,' meddai, cyn craffu allan i'r gwyll.

'Coch Tri yma. Mae 'na ffos ddofn yn fama oedd ddim i'w gweld o'r hofrenydd. Mae Coch Pedwar wedi anafu'i goes ond mi fydda i wrth y ciosg mewn llai na munud.'

Roedd hwnnw'n anadlu'n drwm wrth geisio dringo allan o'r ffos. Rhegodd y lefftenant cyn troi i edrych ar y milwr arall oedd yn dal i anelu'n ofalus am y ciosg.

'Fedra i ddim cael ergyd glir achos mae'r hofrenydd yn ysgwyd gormod,' gwaeddodd y milwr arall, oedd yn eistedd gyda'i goesau'n hongian dros ochr yr hofrenydd, yn siglo yn y gwynt.

'Coch Dau, tria er mwyn Duw, neu fydd ein bywyda ni ddim gwerth byw.'

Taniodd y milwr bedair ergyd yn gyflym.

*   *   *

Gwelodd Dafydd y twll crwn yn y ffenestr amrantiad cyn iddo glywed y glec a chwiban y bwledi'n mynd drwy'r ciosg gan losgi cledr ei law wrth i'r derbynnydd ffrwydro. Heb oedi, gollyngodd y derbynnydd a thaflu'r drws ar agor cyn rhedeg am ei fywyd gyda'i ben i lawr i ganol y goedwig.

Yn y swyddfa yn Llundain edrychodd y Cyrnol ar y derbynnydd mud cyn ei osod yn ofalus 'nôl yn ei grud. Sut goblyn aeth y sefyllfa cynddrwg mewn deuddydd?

Dwy Baned

Yn gynnar y diwrnod cynt, fore Mawrth, roedd Gladys Morse bron â gorffen ei brecwast hamddenol ac yn mwynhau'r darn olaf o dôst, oedd wedi'i blastro â marmalêd oren. Gan fod ei chwpan yn wag, berwodd ddŵr ar gyfer paned arall.

'Dim dewis, mae gen i ofn, ond paned arall o de tramp eto,' meddai wrth neb ond ei chi defaid du a gwyn, oedd wedi cyrlio fel arfer ar y glustog ar yr hen gadair wiail werdd ger y ffenestr.

'Dwi heb wneud paned mewn tebot ers y Nadolig, ond mi wna i unwaith y bydd Robert 'nôl adref.' Cododd y bag te gwlyb oddi ar y soser las gyda'r ddau grac ynddi, oedd wedi bod ar ochr y sinc ers y baned gyntaf. Rhoddodd ef yn ôl yn y cwpan a thollti'r dŵr berw gan ddefnyddio'r llwy i wasgu'r diferion olaf o flas o'r cwdyn te yn ofalus. Roedd crac yn y gwpan hefyd, ond roedd y llestri wedi para'n rhyfeddol o dda, o ystyried eu bod ganddi ers achlysur ei phriodas ar ddiwedd yr Ail Ryfel Byd.

'Ond bydd Robert yma'r penwythnos yma, yn bydd?' Edrychodd y ci defaid yn ddiog arni o'i hoff le swatio. Aeth hi at y ddresal i symud mymryn ar y llun o'i nai yn ei lifrai ar ddec llong danfor.

Er gwaetha'i heddychiaeth, roedd yn rhaid i Gladys gydnabod yn ddistaw bach ei fod yn edrych yn smart iawn yn ei lifrai ffurfiol, neu'r *dress whites* fel byddai ef yn eu galw. Ond cafodd ei dychryn y tro cyntaf iddi weld y llun, nes iddo ddweud mai gweithio tu ôl i ddesg yn cefnogi'r llongau tanfor ar yr ochr weinyddol a wnâi ac nad oedd erioed wedi bod ar y môr, heb sôn am fod oddi tano.

Ar ei phen ei hun y bu Gladys yn byw ers bron i hanner can mlynedd: bu farw ei gŵr o TB brin bum mlynedd wedi iddynt briodi. Roedd yn agos iawn at Robert, unig blentyn ei chwaer, yn enwedig ers iddi hithau farw o gancr, felly ei nai oedd ei hunig deulu. 'A chdi, wrth gwrs,' meddai wrth y ci, oedd yn dal i syllu arni.

Cymerodd gegaid o'r te gan ofalu peidio yfed o'r ochr o'r gwpan â'r crac ynddo. Cadwai ei llestri gorau'n ddiogel yn y cwpwrdd gwydr ar gyfer gwesteion, ond prin iawn bellach y dôi ymwelwyr i'w chartref unig ger y Drenewydd.

'Basai'n well i mi wneud yn siŵr bod 'na ddigon o fwyd yn y tŷ,' meddai, wrth ysgrifennu ei rhestr siopa. Yr eiliad honno, canodd cloch gras y ffôn o'i wely ar silff y ffenestr. Cerddodd draw yn araf bwyllog – a hithau bron yn 81 gwyddai y gallai codwm arall fel yr un a gafodd adeg y Nadolig fod yn angheuol. Cododd y derbynnydd o'i grud, a chyn iddi allu ei roi wrth ei chlust roedd y llais cyfarwydd ar ben arall y ffôn.

'Anti Gladys, 'dach chi yna?' gwaeddodd llais ei nai. Heb oedi i wrando ar ei hateb, plymiodd i ganol sgwrs – heb ofyn sut oedd ei hiechyd na'r tywydd, meddyliodd Gladys, rhywbeth yr arferai ei wneud yn ddi-ffael bob amser.

'Does dim lot o amser gen i, pwysau gwaith – ac eisiau

gorffen popeth er mwyn gallu dod adra ar gyfer eich pen-blwydd, wrth gwrs. Gwrandewch yn ofalus os gwelwch yn dda, mae hyn yn bwysig iawn. Wnaeth y parsel wnes i ei anfon gyrraedd yn ddiogel?' Heb oedi am ateb gofynnodd, 'Allwch chi edrych arno os gwelwch yn dda?'

'Ond Robert . . .' meddai hi'n ddryslyd, gan geisio gwrando ar ei lais dros ddwndwr y ddinas yn symud ben bore yn y cefndir. 'Dwi wedi bod yn trio eich ffonio ers dyddiau ond does byth ateb yn y fflat.'

'Anti Gladys, mae'n wir ddrwg gen i am hyn, ond dwi ar goblyn o frys: mi wna i egluro popeth y penwythnos yma i chi. Ond rŵan dwi angen i chi edrych ar y parsel yna i fi yn ofalus iawn. Mae hyn yn bwysig iawn.'

'Iawn siŵr, Robert, mae o yma o mlaen i, digwydd bod – mi ddaeth y postmon heibio tua hanner awr yn ôl. Dwi heb ei agor chwaith, gan ei fod yn dweud *Secret* arno fo – â stamp y Llynges arno fo hefyd. Ro'n i'n amau mai i chi roedd o i fod.'

'Gwych. Rŵan, edrychwch ar y cefn, Anti Gladys; allwch chi ddeud wrtha i ydi sêl y Llynges arno fo yn gyfan, neu oes unrhyw farc arno fo o gwbl?'

Trodd Gladys y parsel drosodd. 'Na, dim marc o fath yn y byd o be wela i, Robert, ac mae'r sêl yn gyfan. Dwi'n siŵr nad oes neb wedi gallu agor y parsel hwn.' Clywodd anadl o ryddhad ar ben arall y llinell ffôn.

'Iawn. Dwi ar fin postio parsel bach arall i chi ac mae'n bwysig ofnadwy eich bod chi'n cadw hwnnw'n ddiogel hefyd. Mi wna i eu casglu nhw pan wela i chi bnawn fory.'

'Ti'n dod acw'n gynt, felly? Mae hynna'n newyddion da. Biti na fuaset ti wedi gadael imi wybod cyn rŵan . . .'

Torrodd ei nai ar ei thraws eto. 'Ydw, dwi'n dod adre'n gynt ac mae'n ddrwg gen i na allwn i gysylltu cyn hyn. Jest meddwl y byswn i'n rhoi sypréis i chi ar eich pen-blwydd. Cofiwch gadw'r parsel yn ddiogel. Nodiadau gwaith pwysig yden nhw a dwi ddim am eu colli ar y trên. Ylwch, mae'n rhaid i fi fynd, maen nhw siŵr o fod yma unrhyw funud. Mi wela i chi fory, hwyl.'

Diffoddodd y llais mor ddisymwth ag y cychwynnodd. Safodd Gladys yno am eiliad mewn penbleth cyn iddi wawrio arni bod Robert yn dod adref, a throdd i wenu ar y ci.

'Reit, well i fi fynd i'r dre i wneud ychydig o siopa, yntydi, neu fydd dim siâp arna i o gwbl fory.' Cliriodd y llestri brecwast yn gyflym a gwisgodd ei chot amdani. Yn ei hapusrwydd ac yn ei brys i gasglu'i bag, ei hallweddi a'i sgarff pen, er mwyn cyrraedd y siopau i baratoi ar gyfcr ymweliad ei nai, gadawodd ei llyfr pensiwn a'i phwrs ar ôl ar y ddresel.

*   *   *

Gwthiodd yr Uwch-Gapten Robert Thomas trwy dorf foreol canol Llundain lle roedd pawb yn gwau trwy'i gilydd fel morgrug. Er nad oedd ar *leave* swyddogol gwisgai ei ddillad cyffredin, nid lifrai'r Llynges. Curai ei galon yn galed ac roedd y pecyn a wasgai dan ei gesail yn wlyb gan chwys. Ni allai weld a oedd unrhyw un y tu ôl iddo, ond saffach meddwl eu bod yno. Croesodd ffordd brysur gan dynnu rhegfeydd o gyfeiriad gyrrwr y bws fu bron â'i ladd, cyn rhedeg i lawr y grisiau i orsaf drên danddaearol.

Roedd yn gyfarwydd iawn â'r orsaf; ar waelod y grisiau trodd yn sydyn, ac mewn un symudiad llyfn gwthiodd y pecyn i'r blwch post oedd yno. Prin y gallai'r bobl oedd yn cerdded tuag ato ei weld yn gwneud hyn. Ni fuasai gan unrhyw un oedd tu ôl iddo unrhyw obaith o weld dim.

Trodd yn gyflym eto a mynd allan o'r orsaf i ochr y ffordd brysur. Ni welai neb yn rhuthro tuag ato, ac am y tro cyntaf ers dyddiau dechreuodd deimlo'n hapusach. Roedd y pecyn yn ddiogel ac ar ei ffordd. Teimlai'n sicr nad oedd neb wedi llwyddo i'w weld. Ond, yn bwysicach doedd neb wedi'i ddal gyda'r pecyn yn ei feddiant wrth iddo garlamu ar hyd strydoedd prysur Llundain ben bore gan edrych dros ei ysgwydd yn gyson.

Roedd hefyd yn bur dawel ei feddwl nad oedd neb wedi ymyrryd gyda'r pecyn cyntaf. Nid bod dim byd o werth yn hwnnw, ond roedd wedi ei anfon er mwyn gwneud yn siŵr na fyddai dim yn digwydd i'r pecyn go iawn yr oedd newydd ei bostio. Roedd y dogfennau oedd yn hwnnw yn rhai sensitif tu hwnt, ond roedd yn rhaid eu datgelu.

Er mai dim ond trwch asgell gwybedyn oedd rhyngddo ef a drychau ochr ambell gar, wrth iddo sefyll ar erchwyn y palmant, anadlodd yn ddwfn a gwenu wrth ymlacio ychydig. Gwyddai y gallai roi popeth o'r neilltu pan fyddai wedi mynd 'nôl i gartref ei fodryb. Teimlai'n euog iddo fod mor siarp gyda hi ar y ffôn ac addunedodd iddo'i hun y byddai'n gwneud iawn am hynny pan fyddai'n ei gweld y diwrnod canlynol. Prin y teimlodd y llaw yn ei wthio'n galed yn ei gefn i lwybr y bws coch deulawr.

*   *   *

Rhyw ddau can llath o ffenestr Gladys Morse roedd y dwylo oedd i'w thagu i farwolaeth y bore hwnnw'n anwesu sbienddrych drud. Gorweddai John Frazer ar ei fol yn y glaswellt hir yng nghysgod coeden, ond roedd y dafnau trwm o law yn dal i ddisgyn ar ei ben. Roedd ei benelin hefyd yn wlyb at y croen.

'Pam mae honna'n edrych mor hapus, dwi ddim yn gwybod. Faswn i ddim yn byw yn y twll lle 'ma am ffortiwn. Er, dyna dwi'n 'i gael am dorri fewn i'w chartref y bore 'ma,' meddai gan hanner chwerthin iddo'i hun.

Wrth ei ochr roedd dyn arall – un byrrach, lletach, a'i wallt brith yn tystio i'w oedran. Roedd profiad blynyddoedd maith o gyrchoedd tebyg yn golygu ei fod yn gwisgo trowsus a siaced drwchus i atal unrhyw wlybaniaeth rhag treiddio trwodd.

Siaradai Abel Morgan Gymraeg yn rhugl ers dyddiau'i blentyndod yn ne Cymru, ond doedd o ddim am i'w gydweithiwr wybod hynny. Gwenodd wrth feddwl am y lleidr hwn fel gweithiwr, heb sôn am gyd-weithiwr. Ond doedd dim dewis – roedd y pennaeth wedi mynnu bod dau berson yn mynd ar y cyrch hwn, ac roedd yn rhaid i un ohonynt fod yn berson y gellid ei daflu i'r llewod pe byddai pethau'n mynd o chwith. Dyna'r *standard operational procedure,* chwedl y gwerslyfr roedd wedi'i ddarllen wrth hyfforddi dros ddeng mlynedd ar hugain ynghynt. Y llall hefyd fyddai'n gorfod mynd i mewn i'r ffermdy tra cadwai Abel olwg ar y ffordd.

Teimlai'n anesmwyth. Roedd wedi sylwi fod John yn chwysu, yn crynu, yn edrych ar ei oriawr yn aml ac yn anadlu'n ddwfn – arwyddion a awgrymai ei fod ar gyffur o ryw fath ac yn dyheu am yr *hit* nesaf. Ond gan fod y cyrch wedi'i roi at ei gilydd mor gyflym doedd dim dewis ond aros.

Bu Abel yn gweithio i'r adran o fewn i'r gwasaneth cudd ers ugain mlynedd, byth ers iddo ymddeol yn swyddogol o'r fyddin – ond gadael er mwyn diflannu a wnaeth. Gorchymyn arall, ac roedd wedi bod yn gwrando ar y rheiny ers iddo ymuno â'r fyddin – pan ddywedodd gelwydd i guddio'r ffaith ei fod ond yn bymtheg oed. Gwell y fyddin na'r pwll glo laddodd ei dad, rhesymodd. O fewn tri mis roedd wedi gweld dynion yn cael eu lladd yng ngaeaf creulon De Corea, ac ni fu pethau byth yr un fath iddo wedyn.

A dyna pam roedd yn gorwedd mewn cae gwlyb yng nghanolbarth Cymru gyda lleidr ceiniog-a-dimai yn gwmni iddo. Roeddent yn disgwyl i dorri i mewn i gartref hen ddynes oedd yn fygythiad i ddiogelwch y wlad, yn ôl y papur a welsai y noson cynt. Chwilio am becyn o ddogfennau cudd oedd wedi eu dwyn ac ar fin cael eu gwerthu yr oedden nhw. Roedd Abel Morgan bellach wedi dysgu i beidio â chredu popeth a ddywedai uwch-swyddogion wrtho, a dim ond gwneud ei waith yr oedd. Ond pam mod i'n gorfod gweithio gydag amatur fel hwn, meddyliodd, gan wybod ym mêr ei esgyrn ei fod am gael trafferth.

Yna clywodd ddrws yn cau, ac o fewn eiliadau roedd peiriant car yn cychwyn. Bellach, nid oedd yn bosibl atal yr hyn oedd am ddigwydd.

*   *   *

Chwysai John Frazer er gwaetha'r oerfel, ac er ei fod yn ddyn mawr, cryf, roedd y llonyddwch a'r caledi a welai yn llygaid llwyd y dyn bach wrth ei ochr yn codi ofn arno. Roedd yn hanner difaru iddo ateb yr alwad y noson cynt gan rywun yn cynnig pum can punt iddo am wneud un joban fach. Nid oedd yn adnabod y llais, a doedd dim syniad ganddo sut y bu i'w rif ffôn gyrraedd pwy bynnag oedd ar ben arall y lein. Ond pum cant ydi pum cant, meddyliodd, ac roedd wedi derbyn ei hanner y bore hwnnw mewn arian parod. Swatiai'r rheiny'n gysurus ym mhoced cesail ei got.

Roedd record hir o droseddau ganddo, a honno wedi cychwyn pan oedd yn bedair ar ddeg oed. Nid oedd ei gymar wedi dweud fawr mwy na dwsin o eiriau wrtho ers iddynt gyfarfod y bore hwnnw, dim ond dweud wrtho ei fod i dorri i mewn i'r tŷ a chwilio am becyn neu barsel maint llyfr trwchus. Tua'r un maint â'r Beibl, meddyliodd, gan wenu. Yna clywodd yntau beiriant y car yn cychwyn a theimlodd yr un cyffro arferol yn ei stumog. Trueni na fyddai neb yno y tro hwn, meddyliodd, wrth fyseddu'r gyllell yn ei boced.

Dau Ffrind

Roedd y ddau ddyn oedd yn gyfrifol am y ffaith fod Abel a John Frazer yn gorwedd yn y cae gwlyb y bore hwnnw yn mwynhau paned o de a thôst yn un o swyddfeydd moethus Whitehall, swyddfa eang ac iddi loriau a nenfwd derw. Eisteddai'r ddau yn wynebu'i gilydd dros ddesg dderw lydan, gyda dim byd arni ond copi o'r *Daily Telegraph* a lamp ddarllen fechan.

Roedd Ian Kilmarnock, yr Ysgrifennydd Cartref, a Syr Humphrey Watkins, dirprwy bennaeth MI6, wedi bod yn gyfeillion ers eu dyddiau coleg yn Rhydychen. Bu'r ddau'n aelod o'r un gatrawd yn y fyddin cyn dilyn llwybrau gwahanol, ond digon cyfochrog, i gyrraedd yr uchelfannau. Yn ôl gwybodusion y wasg roedd dau o brif swyddi'r wlad o fewn eu cyrraedd, wrth i'r Prif Weinidog a phennaeth MI6 ill dau baratoi i ymddeol. Ond gwyddai'r ddau yn y swyddfa foethus honno pa mor fregus oedd eu gobeithion y bore hwnnw, a dyna pam nad oedd arlliw o wên ar eu hwynebau.

'Sut goblyn daeth hyn i'r wyneb nawr? Roeddwn i'n meddwl dy fod ti wedi claddu popeth bymtheg mlynedd yn ôl,' meddai Kilmarnock, gan chwarae'n nerfus gyda chwlwm ei dei streips a ddynodai iddo fod yn swyddog yn y *Guards*. Pwysai ei sbectol hanner lleuad aur, oedd yn destun gwatwar ymysg ei swyddogion materion cyhoeddus, yn ei lle arferol ar flaen ei drwyn. Credai bod hynny'n rhoi golwg feddylgar a chraff iddo, nid henffasiwn. Sicrhâi ei dymer a'i dafod creulon na feiddiai neb ddweud fel arall yn ei wyneb.

'Rydw i'n meddwl i swyddog yn un o adrannau gwasanaethau cudd y Llynges ddod ar draws dogfennau'n ymwneud â suddo'r *Belgrano*, dogfennau gafodd eu llungopïo a'u cuddio yn archif y Llynges gan rywun. Roedd ein henwau ni'n dau yn gysylltiedig â honno, ac am ryw reswm fe dyrchodd i'n ffeils ni a dod ar draws sgerbwd Kincorra,' atebodd Syr Humphrey yn ddigynnwrf, er bod ei stumog yn corddi. Roedd un o swyddi mwyaf nerthol y wlad o fewn ei gyrraedd, ac nid oedd yn bwriadu colli gafael ynddi oherwydd cydwybod un swyddog ynghylch gwaith a wnaeth ef yn enw diogelwch ei wlad flynyddoedd ynghynt.

'Dwi'n eitha siŵr mai cymhelliad i wneud arian rhywsut, neu hybu ei yrfa ei hun, oedd y tu ôl i hyn; fel arall, buasem wedi clywed gan yr ochr arall beth amser yn ôl,' meddai. 'Anodd gen i gredu mai cynllwyn gan MI5 i geisio cryfhau'u safle nhw ydi hyn, hefyd, er bod hynny'n sefyllfa gredadwy iawn. Ond pylu mae 'u seren nhw ar hyn o bryd – gyda'n hadran ni, wrth gwrs, yn elwa o hynny.'

Cyfeirio yr oedd Syr Humphrey at yr ymrafael rhwng y ddwy aden o'r gwasanaethau cudd. Ers i'r Rhyfel Oer ddod i ben ac i'r IRA gyhoeddi cadoediad flwyddyn ynghynt roedd MI5, gyda chyfrifoldeb penodol dros ddiogelwch mewnol Prydain, wedi dod dan bwysau cynyddol i dderbyn toriadau yn eu cyllideb a'u lefel staffio. Nid oedd ganddynt bellach elyn amlwg y gallen nhw ganolbwyntio arno i gyfiawnhau eu cyllideb.

Ar y llaw arall roedd MI6, a ganolbwyntiai ar faterion diogelwch tramor, yn gallu nodi bod chwalfa'r Undeb Sofietaidd wedi creu nifer o wledydd bychain peryglus, ac roedd y twf mewn Islamiaeth Ffwndamentalaidd mewn gwledydd fel Algeria, Saudi Arabia ac Afghanistan yn destun pryder. Roedd y ddau hen ffrind hefyd yn cytuno y dylai MI5 ddod dan reolaeth MI6 yn y dyfodol agos, ac roedd hynny wedi creu nifer o elynion iddynt o fewn MI5. Roedd y dadleuon gerbron y pwyllgor seneddol ar faterion diogelwch wedi bod yn anodd iawn, a chefnogaeth Kilmarnock, fel Ysgrifennydd Cartref gyda chyfrifoldeb am oruchwylio MI5, yn allweddol i gynllun MI6 i lyncu'r gwasanaeth cudd arall.

'Ond beth bynnag, paid â phoeni, mae 'na uned yn chwynnu ffynhonnell Llundain ar hyn o bryd, ac mae'r uned lanhau hefyd yn sgubo popeth sy'n weddill ar ben arall y trywydd.' Pwysleisiodd Syr Humphrey y gair 'glanhau'. Er bod y ddau yn ffrindiau oes, ac yn gwybod bod eu swyddogion diogelwch personol wedi sicrhau nad oedd offer clustfeinio yn yr ystafell, nid oedd yr un o'r ddau am ddweud unrhyw beth penodol allai greu problem yn ddiweddarach.

'Gobeithio dy fod ti'n iawn, oherwydd rwy'n ymddiried ynot ti. Ond rwy'n credu bod rhaid mynd at wraidd y broblem i wneud yn siŵr nad oes dim byd yn codi eto. Ar y llaw arall, dydw i ddim yn awyddus i ymyrryd yn hyn yn bersonol – mae'n creu llawer gormod o broblemau. Rydyn ni angen *buffer,* rhywun y gallwn ymddiried ynddo neu 'i aberthu os oes rhaid . . .' Torrodd Syr Humphrey ar ei draws gan wenu am y tro cyntaf ers dyddiau.

'Paid â phoeni. Rydw i eisoes wedi trefnu hynny ac

rydw i'n credu y byddi di'n cytuno gyda fy newis hefyd,' meddai Kilmarnock, gan osod ei gwpan a'i soser yn ofalus ar y ddesg dderw. 'Wyt ti erioed wedi dod ar draws cymeriad mae pawb yn cyfeirio ato fel y Cyrnol?' gofynnodd. Estynnodd i'r briffces lledr am ffeil drwchus mewn amlen frown blaen oedd wedi'i stampio mewn coch, *'Highly Classified, Eyes Only, G5 authority and above.'* Yr unig berson â ranc gwasanaeth sifil uwch na G5 yw'r Prif Weinidog.

*   *   *

Dri chan milltir o'r swyddfa foethus roedd rhywbeth yn pigo cof Gladys Morse. Roedd wedi llusgo gyrru am bum milltir y tu ôl i dractor ar hyd y ffordd gul am y Drenewydd pan gofiodd ei bod wedi gadael ei llyfr pensiwn a'i phwrs ar y ddresel. Hebddynt nid oedd ganddi arian i brynu popeth ar y rhestr faith yn ei phoced.

Wrth lwc roedd troad i fferm o'i blaen lle gallai droi'r car 'nôl am ei chartref yn ddiffwdan, a chan fod y ffordd yn glir gwasgodd y sbardun i'r eithaf gan sgrialu rownd y corneli. Er gwaetha'i hoedran, roedd hynny'n dal i wneud iddi chwerthin.

*   *   *

Roedd Abel Morgan yn dal i orwedd yn y cae yn gwylio'r tŷ yn ofalus; teimlai ei gyhyrau'n cyffio yn yr oerfel. Roedd Frazer wedi dringo trwy ffenestr y gegin ac wedi diflannu o'r golwg ers deng munud. Byseddodd Abel y radio bychan yn ei boced am y trydydd tro a cheisiodd gysylltu ag ef.

'Rhif dau, ti'n 'y nghlywed i? Os wyt ti, ateba – ateba

ar unwaith . . .' Ond eto, dim ond hisian y radio oedd i'w glywed, er iddo ddal y teclyn reit wrth ei glust. Dyna pam na chlywodd beiriant y car yn agosáu nes ei fod bron â chyrraedd y buarth – llawer yn rhy hwyr iddo wneud dim i'w atal, na rhybuddio'r lleidr yn y gegin. Gan regi, cododd ar ei draed a dechrau brasgamu'n stiff tuag at yr hen ffermdy.

*   *   *

Agorodd Gladys ddrws y gegin a chamu i mewn gyda'r ci wrth ei sodlau. Sylwodd yn syth fod y ffenestr ar agor, er iddi ei chau cyn gadael. Yna gwelodd fod dyn tal gyda gwallt hir gwlyb, yn gwisgo hen got Barbour, yn sefyll ger y ddresel a phentwr o'i phapurau yn ei ddwylo. Gwelodd bapurau eraill wedi'u gwasagaru ar hyd y llawr, a'r rheiny wedi'u difetha gan esgidiau mwdlyd y lleidr. Er gwaetha'i hofn, fe wylltiodd o weld y fath lanast.

'Ewch allan o 'nghartre i rŵan, y munud yma, neu mi ffonia i'r heddlu!' Roedd y ci yn cyfarth yn wallgo erbyn hyn ac yn hanner neidio yn ei unfan fel petai am lamu ar Frazer. Wedi tawelwch yr oriau yn gorwedd yn y cae, a chryndod yr angen am y cyffur, roedd cyfarth y ci a gweiddi'r hen ddynes yn y gegin fechan yn fyddarol ac yn codi ofn llethol arno. Roeddent hefyd yn ei rwystro rhag dianc trwy'r drws.

Camodd tuag atynt a rhoddi cic i'r ci gan ei daflu i'r gornel; gafaelodd yng ngwddf Gladys Morse i'w distewi, gan ei chodi oddi ar ei thraed.

*   *   *

Rhedodd Abel Morgan yn gyflymach pan glywodd y sgrech gyntaf ac ubain y ci, ac erbyn i'r gweiddi beidio roedd yn carlamu. Llamodd dros wal gerrig y buarth a rhuthro at ddrws y gegin gan hanner gwrando hefyd am sŵn unrhyw draffig arall. Wrth redeg roedd wedi taflu cipolwg ar y ffordd a gwyddai nad oedd unrhyw gerbyd na cherddwr o fewn cyrraedd. Ond eto, hawdd iawn fyddai i ffermwr neu gymydog fod ar lwybr arall, allan o'r golwg. Roedd yn rhaid rheoli'r sefyllfa ar unwaith.

Pan gamodd i'r gegin a gweld Frazer yn cicio corff llonydd y ci gan ddal i wasgu gwddf yr hen wraig, penderfynodd ar unwaith nad oedd y lleidr am gael byw yn hir iawn – nid am ei fod am ddial arno am ladd yr hen ddynes na'r ci, ond am mai dyna'r ffordd orau a mwyaf diogel o reoli'r sefyllfa.

'Frazer!' gwaeddodd i dynnu sylw hwnnw, 'rhaid i ni adael fan hyn nawr. Dere! Does 'na ddim eiliad i wastraffu neu bydd rhywun siŵr Dduw o fod wedi clywed rhywbeth. Gest ti hyd i'r pecyn?' gofynnodd gan edrych yn gyflym ond yn ofalus o amgylch y gegin. Cymerodd ofal i beidio â chamu ar yr un o'r papurau, a thynnodd gerpyn o'i boced i sychu ôl ei draed ei hun.

Crynai Frazer wrth syllu ar wyneb Gladys cyn gollwng y corff gydag ebychiad a chamu'n ôl gan ysgwyd ei ben yn galed.

'John Frazer, ddest ti o hyd i'r pecyn?' Ailadroddodd Abel y cwestiwn gan benderfynu y funud honno nad oedd ganddo amser i'w wastraffu yn chwilio amdano. Rhaid oedd gadael y lle a sicrhau nad oedd y sefyllfa'n gwaethygu. Trodd ar ei sawdl a chamu i'r buarth gan amneidio ar Frazer i'w ddilyn. Ysgydwodd hwnnw'i ben yn fud a dilyn y dyn bychan o'r tŷ.

Hanner awr wedi deg y bore oedd hi, ac roedd dau o bobl eisoes wedi'u lladd oherwydd dau becyn o ddogfennau ac nid oedd neb eto wedi dod o hyd i un ohonynt. Gorweddai'r pecyn cyntaf yn rhacs ar y llawr, y tudalennau gwyn moel o bapur wedi'u gwasagaru gyda'r cyllyll a ffyrc a daflwyd o'r drôr uchaf dan y sinc. Roedd y llall ar ei ffordd yn y post.

*   *   *

Rhoddodd Ian Kilmarnock y ffeil ar y ddesg o'i flaen gan bwyso 'nôl yn ei sedd a chodi'i gwpan. Tynnodd wyneb sur gan fod y te yn oer ac estynnodd am fotwm bychan dan y ddesg. Mewn llai na deg eiliad roedd gweinydd mewn lifrai llwyd wedi ymddangos trwy ddrws bychan ar y chwith a chasglu'r cwpanau.

'Mi gawn ni baned arall, os gwelwch yn dda: *Earl Grey* eto dwi'n meddwl, a dewch ag ychydig mwy o dôst hefyd,' meddai, gan edrych ar ei hen gyfaill. Nodiodd hwnnw ei ben fymryn i ddangos ei fod yn cytuno. Unwaith roedd y drws wedi cau eto, aeth yn ei flaen gyda'i sgwrs.

'Dewis doeth iawn, Humphs. Mae'n siŵr y gall hwn gymryd gofal o unrhyw drwbl arall sy'n codi, ac os aiff unrhyw beth o'i le, yna pwy sy'n mynd i'w gredu? Gwallgofddyn llwyr ydi o, yntê, ond un digon defnyddiol i'w gael ar ein hochr ni. Ac wrth gwrs mae'n gweithio i MI5 ar hyn o bryd, felly bydd modd i mi ei orchymyn a'i reoli trwy'r Swyddfa Gartref,' meddai, gan hanner gwenu'n oeraidd. Roedd nerth a dylanwad ei safle'n dal mor gyffrous ag erioed iddo.

'Dwi'n falch dy fod ti'n cytuno gyda'r dewis ac yn gobeithio na fydd rhaid i ni ddefnyddio'i dalentau unigryw o gwbl. Dylen ni glywed unrhyw funud beth oedd canlyniad y cyrchoedd glanhau.' Tra oedd yn siarad gallai Syr Humphrey deimlo'i *pager* yn crynu yn ei boced, a thaflodd gipolwg arno.

'Ga i ddefnyddio'r ffôn yma, os gweli di'n dda? Dwi wedi cael neges i ffonio'r ganolfan reoli, a dwi'n cymryd yn ganiataol fod hwn yn ddiogel,' meddai gan estyn ar draws y ddesg a chyfeirio at y ffôn. Nodiodd Kilmarnock ei ben. Deialodd dirprwy bennaeth MI6 gyfres hir o rifau cyn clywed llais y pen arall yn ailadrodd neges iddo.

'*Mae ystafell un wedi'i chloi am byth ond nid oedd y llyfr yno. Rhaid credu felly ei fod wedi llwyddo i'w rannu gyda rhywun. Cafwyd tân yn yr ail ystafell; mae wedi'i ddiffodd ond gwnaed cryn ddifrod. Nid oedd unrhyw beth o werth yno. Diwedd y neges.*' Tarodd y derbynnydd yn ôl yn ei grud ac eisteddodd Syr Humphrey yn ei sedd.

'Rydan ni mewn trwbl. Mae'r ffynhonnell wreiddiol wedi'i ddistewi am byth, ond ni chafwyd hyd i'r un pecyn â dogfennau ynddo hyd yma, ac mi aeth pethau'n flêr wrth chwilio yn y tŷ. Mi gawn ni wybod pa mor flêr yn fuan.'

'Ond mae hyn yn drychinebus,' meddai Kilmarnock. 'Os daw'r wybodaeth yna i'r golwg, nid dim ond ein gyrfaoedd ni fydd ar ben; mi all pethau fynd ar chwâl yn llwyr os nad ydan ni'n ofalus.'

'Ac mae dau wedi cael eu lladd . . .' torrodd Syr

Humphrey ar ei draws yn swta gan redeg ei law trwy'i wallt.

'Does dim ots gen i am y rheiny, eu bai nhw oedd ymyrryd mewn materion yn ymwneud â diogelwch cenedlaethol,' meddai Kilmarnock mewn llais caled. 'Ond rhaid i ni gael gafael ar y pecynnau cyn gynted â phosibl. Dwi'n gobeithio bod dy Gyrnol di hanner cystal ag y mae'r adroddiadau 'na'n awgrymu, neu mi fydd hi wedi canu arnon ni,' meddai Syr Humphrey gan wthio'r ffeil ar draws y ddesg.

Y Cyrnol

Er y dylsai fod ar ei bensiwn ers dwy flynedd, cerddai'r Cyrnol Paul Wright yn gyflym drwy'r glaw mân i lawr Bayswater Road. Swatiai ei ên yng ngholer y got drom hir o wlân tywyll ac roedd hen fag lledr, fel bag ysgol, ar ei ysgwydd. Er ei bod yn fore roedd y cymylau isel yn peri bod tywyllwch mwll yn tagu popeth.

Cerddai'n gefnsyth gan oedi unwaith yng nghysgod wal uchel i gynnau sigarét a dynnodd o waled fetel henffasiwn, drom oedd ym mhoced cesail ei got. Anrheg ffarwél gan ei fam wrth iddo adael am y fyddin yn ddwy ar bymtheg oedd y waled, gan y credai hi y byddai cadw'r blwch ym mhoced brest ei got yn ei arbed rhag bwled. Tystiai'r twll ynddi na lwyddodd i wneud hynny.

Am yr eiliad fer roedd y fflam ynghynn datgelwyd y croen tyn ar ei wyneb oedd yn dal yn frown. Roedd y gwe pry cop o rychau a ledai o gorneli ei lygaid yn tystio i flynyddoedd dan haul cryf. Llwyd oedd ei lygaid ac roeddent yn symud yn ddi-baid. Torrwyd ei wallt gwyn yn gwta ar ochrau a chefn ei ben, ac roedd wedi hen ddiflannu oddi ar ei gorun.

Roedd wedi oedi i gynnau'r sigarét gan ei fod yn amau bod rhywun yn ei ddilyn, ac fe gafodd gadarnhad o hynny. Dyna nhw'n edrych yn herfeiddiol arno: dau fachgen yn eu harddegau'n ymfalchïo yn eu nerth newydd. Nid dynion proffesiynol oedd y rhain, ond yn amlwg roeddent wedi'i ddewis ef yn brae.

Dysgodd flynyddoedd maith yn ôl i beidio ag ymlacio am eiliad, nac i gymryd unrhyw un yn ysgafn. Gwyddai y gallai hyd yn oed y ddau fachgen yma greu trafferth, yn enwedig os digwyddai rhywbeth i wneud iddo golli golwg arnynt. Nid oedd amser ganddo i chwilio na galw am gymorth, ac nid oedd hynny yn ei natur chwaith. Heb wastraffu eiliad arall penderfynodd eu taclo ar ei delerau ei hun, a throdd yn gyflym i lawr stryd gul yng nghysgod yr adeiladau uchel oedd yn ei hamgylchynu.

Cerddai ar flaenau ei draed, ac yn ei law dde roedd wedi rholio'r papur newydd yn diwb caled hir. Diolch i'r pum milltir a redai'n ddeddfol bob bore roedd ei anadlu'n ddigyffro.

Clywodd eu camau'n nesáu a throdd yn gyflym i'w hwynebu gan grymu'i ysgwyddau a llacio cyhyrau ei wyneb i'w heneiddio fwy fyth. Cododd ei aeliau hefyd fel petai wedi synnu. Doedd dim byd gwell nag ymosodwyr oedd yn rhy hyderus.

Roeddent yn closio'n gyflym gan sefyll lawer yn rhy agos at ei gilydd, ac roedd eu cyflymder yn golygu y byddent yn colli cydbwysedd yn hawdd.

'Dy waled rŵan neu ti'n gelain,' meddai'r talaf o'r ddau, gan sylwi ar yr un pryd fod yr hen ddyn yma'n camu tuag ato. Roedd rhywbeth o'i le, sylweddolodd yn rhy hwyr, wrth i'r Cyrnol wthio'r papur caled i'r pwll dan asennau'r bachgen yn y got las mor galed nes gwagio'i ysgyfaint a'i stumog cyn iddo ddisgyn ar ei bengliniau i'r llawr.

A chyn iddo daro'r llawr roedd yr hen ddyn, gydag ebychiad isel, wedi cymryd cam byr a chyflym a gyrru ochr ei esgid *brogue* drom i ben-glin yr ail fachgen gan chwalu'r asgwrn. Disgynnodd hwnnw ar y llawr, ac wrth iddo estyn ei ddwylo i afael yn yr hyn oedd yn weddill o'i ben-glin roedd cic galed arall wedi gyrru ochr ei ben i mewn i'r wal goncrid.

Safodd y Cyrnol gan anadlu'n drwm drwy ei ffroenau ac ystyriodd am eiliad wneud yn sicr na fyddai'r un o'r ddau byth yn gallu gwneud rhywbeth tebyg eto. Ond callach fyddai gadael yn syth – er iddo stampio'n galed gyda'r un droed farwol ar law oedd yn fodrwyau i gyd, gan chwalu pob asgwrn ynddi. Roedd yn hwyr i gyfarfod brys gyda dau o'r bobl mwyaf nerthol yn Llundain, gweinidog ac aelod o'r gwasanaeth sifil. Nid oedd syniad ganddo pam eu bod am ei weld.

*   *   *

Edrychodd Syr Humphrey ac Ian Kilmarnock eto trwy'r ffeil drwchus oedd yn cynnwys deunydd am y Cyrnol. Gwyddai'r ddau fod eu tynged yn nwylo'r hen filwr hwn.

'Noda brif bwyntiau'i fywyd a'i yrfa i mi unwaith eto; mae popeth yn dibynnu ar hwn nawr. Popeth!' meddai Kilmarnock gan rwbio'i ddwy law dros ei wyneb.

'Fe'i ganwyd yn 1930 i deulu'r deWeston-Wrights; roedd ei dad yn iarll, a'r teitl yn y teulu ers cyfnod y Normaniaid. Gan mai fo ydi'r unig blentyn, ganddo fo mae'r hawl i'r teitl, ond o be wela i dydi o erioed wedi arddel y teitl nac eistedd yn Nhŷ'r Arglwyddi.

'Roedden nhw'n deulu hynod gefnog, ac maen nhw'n parhau i fod felly; fe aeth e i ysgol fonedd a dangos gallu anarferol i ddysgu ieithoedd. Mae'n siarad chwe iaith yn rhugl, gan gynnwys Cymraeg, diolch i forwyn y teulu wnaeth ei fagu pan oedd yn blentyn tra oedd ei rieni'n teithio'r byd.

'Mae hyn yn od. Fe ymunodd â'r fyddin fel milwr cyffredin yn ddwy ar bymtheg cyn cael dyrchafiad ar faes y gad yng Nghorea. Mi faset ti'n disgwyl i rywun fel fo fod yn swyddog o'r cychwyn, ond roedd 'na berthynas od rhyngddo fo a'i dad, mae'n debyg.

'Mi fu'n garcharor rhyfel yng ngwersyll Ti-pai ym Manchuria am bron i flwyddyn, ac ar ôl ei ryddhau fe ysgrifennodd erthyglau'n dyfynnu Mao Tse Tung a dweud mai un ffordd yn unig oedd o ddelio gyda terfysgwyr. Roedd rhai'n amau i'r comiwnyddion lwyddo i'w frênwashio. Ond mi wnaeth o ragweld i ba gyfeiriad roedd terfysgaeth am fynd – a phroffwydo mai'r unig ffordd i'w ymladd oedd trwy ddulliau yr un mor eithafol a chaled.

'Gwranda ar hyn. Yn 1967, ac yntau gyda'r SAS yn Aden, mi wnaeth dipyn o enw iddo'i hun. Roedd grŵp o filwyr y Gatrawd Gymreig wedi'u clwyfo ac yn gaeth mewn adeilad, a chriw o derfysgwyr ar fin ymosod. Mi ymosododd y Cyrnol arnyn nhw gyda dim ond ffon yn un llaw a dryll-llaw yn y llall, gan alluogi'r milwyr i ddianc. Mi fuasai wedi cael medal y VC am hynna oni bai am be ddigwyddodd nesaf,' meddai Syr Humphrey gan geisio'i argyhoeddi'i hun mai dyma'r dyn oedd am ei achub.

'Mi gafodd y llysenw *Aden Butcher* yn y wasg, gan ei fod yn arteithio terfysgwyr trwy roi bwcedi metel ar eu pennau a churo'r bwcedi am oriau nes bod y terfysgwyr wedi'u byddaru'n llwyr.'

'Ond fe ddeliodd â'r sefyllfa a'i datrys, on'd do?'

meddai Kilmarnock. 'Wnaeth neb geisio'i atal – tan i hynna ddigwydd wrth gwrs, ond wedyn,' lledodd ei freichiau gan godi'i ysgwyddau, 'roedd rhaid gwneud esiampl ohono; tydi aelodau o lywodraeth ei Mawrhydi ddim i fod i ymddwyn fel'na, nag ydi?' meddai'n eironig.

'O'r hyn dwi wedi'i ddarllen, mae'r Cyrnol yma'n swnio'r union ddyn all ein helpu. Does ganddo ddim cysylltiad gyda ni, mae'i yrfa'n dirwyn i ben ac mae'n adnabyddus fel rhywun sydd wedi torri'r gyfraith yn y gorffennol. Os aiff unrhyw beth o'i le yna gallwn roi'r bai i gyd ar ei ysgwyddau o. Wrth gwrs, os ydi o'n llwyddo yna gall fod yn ddefnyddiol i ni eto, ac mae'n bosib y bydd yn ddiolchgar i ni hyd yn oed.'

'Mae'n gad-lywydd bellach, ond mae pawb yn dal i'w alw'n Gyrnol, ac mae nodyn yma'n dweud bod pob milwr fu dan ei ofal yn tystio mai fo oedd y swyddog gorau iddynt weithio yn ei gwmni erioed,' meddai Syr Humphrey.

'Swnio fel tipyn o relic, ond relic perffaith ar gyfer ein dibenion ni. Wrth gwrs, fydd o ddim yn gwybod pam yn union ein bod ni ar ôl y pecynnau yma, ond does dim angen iddo gael gwybod hynny, nac oes? Doethach galw'r holl beth yn fater o ddiogelwch cenedlaethol.'

Pesychu wnaeth Syr Humphrey cyn ateb, 'Cytuno. Roeddwn i'n gwybod y buaset ti'n cytuno gyda fy newis.'

Er i'r ddau dreulio cyfnod yn y fyddin nid oeddent wedi bod yn filwyr go iawn erioed, a phe byddent wedi deall yn union y math o ddyn oedd y Cyrnol, yna buasai'r ddau wedi meddwl ddwywaith.

*   *   *

Cerddodd y Cyrnol i mewn i'r ystafell lydan â derw'n gorchuddio pob modfedd ohoni. Roedd hynny'n wastraff llwyr o adnoddau, yn ei farn ef. Eisteddai'r ddau wleidydd ym mhen arall yr ystafell.

Cofiodd y Cyrnol am yr hen ddywediad yn y fyddin am feddylfryd dynion oedd yn mynnu cael swyddfa a desg anferth. Taflodd gipolwg sydyn ar ei esgid dde wrth gerdded rhag ofn bod ôl gwaed arni. Nid y byddai'r ddau yma'n debygol o sylwi, ond roedd yr hen arferion wedi eu serio'n ddwfn i'w esgyrn. Cerddodd at y ddesg ac eistedd yn y gadair drws nesaf i Syr Humphrey. Roedd wedi gadael ei got drom yn y cyntedd gan ddatgelu trowsus melfaréd brown, crys sgwariau llydan fel ffermwr a siaced werdd heb lewys. Cyn i'r un o'r ddau gael cyfle i siarad, gofynnodd mewn llais tawel a barodd i'r ddau blygu ymlaen yn eu seddi,

'A pham yn union felly mae'r Ysgrifennydd Cartref a dirprwy bennaeth MI6 am fy ngweld i ar gymaint o frys, a minnau'n gweithio i MI5?'

*   *   *

Ar y funud honno roedd Abel Morgan yn pwyso a mesur ei gamau nesaf yn ofalus. Roedd wedi llwyddo i adael yr hen ffermdy diarffordd gyda John Frazer heb i neb eu gweld. Nawr roedd y ddau ohonynt yn eistedd yn y car mewn man picnic anghysbell yn y goedwig. Agorodd un o ffenestri'r car fymryn gan eu bod yn prysur stemio.

'Roedd hynna'n agos,' meddai, 'ond paid poeni, wnaeth neb ein gweld – a phwy fydd yn malio am ryw hen ddynes beth bynnag? Cymer ddiod o hwn, mi wnaiff o helpu i dawelu dy nerfau.' Cynigiodd botel fodca gyda label glas arno iddo, a chipiodd Frazer hi oddi arno gyda dwylo crynedig a llowcio dau lond ceg yn sydyn nes ei fod yn tagu a'i lygaid yn dyfrio.

'Mae angen i ni aros yn fan hyn am dipyn cyn symud ymlaen. Dwi'n meddwl bod 'da ni ychydig o amser i geisio ymlacio: mae'n bwysig ein bod ni'n ymddwyn yn berffaith normal pan 'yn ni'n cyrraedd y dre nesa, iawn?' meddai gan gadw llygad barcud ar Frazer. Wrth iddo deimlo straen y sefyllfa roedd ei acen Gymreig ddeheuol yn dod yn fwy amlwg.

Fel arfer mewn amgylchiadau o'r fath roedd ei feddwl yn hedfan 'nôl dros y blynyddoedd, i gegin fechan, gysurus ei fam. Y bàth metel henffasiwn o flaen y tân yn disgwyl ei dad 'nôl o'r pwll glo, a'i dad ddim yn dychwelyd y pnawn hwnnw pan oedd Abel ond yn bymtheg oed. Treuliodd yntau dri mis dan ddaear cyn gwirfoddoli – er ei fod yn rhy ifanc – ar gyfer y Paras. Buasai wrth ei fodd yn gallu dychwelyd i'r bywyd cynnar yna nawr.

Ysgydwodd ei ben i dynnu'i hun 'nôl i'r presennol, a sylweddolodd unwaith eto ei fod yn breuddwydio ganol dydd. Roedd hynny wedi digwydd droeon yn ddiweddar, a gwyddai y gallai greu sefyllfa beryglus. Ond nid oedd angen poeni y funud honno oherwydd roedd Frazer yn gorwedd yn ei sedd gyda'i lygaid ynghau a'i anadlu'n araf a rhythmig. Mewn ychydig funudau byddai mewn trwmgwsg, dan effaith y tabledi cryf oedd yn y botel fodca. O fewn yr awr byddai Abel Morgan wedi gollwng ei gorff i mewn i ddyfroedd Llyn Clywedog.

*   *   *

Pwysodd y Cyrnol yn ôl yn ei sedd. Roedd Kilmarnock a Syr Humphrey wedi brysio trwy'r prif ddigwyddiadau, gan esgeuluso cyfeirio at ambell ffaith bwysig. Sylweddolodd fod y sefyllfa yn un gymhleth dros ben a chamgymeriadau lu wedi eu gwneud yn barod. Ond pam fod dau mor nerthol â'r rhain yn ymddiddori cymaint mewn achos fel hwn?

'Pwy ydi'r swyddog sy'n rheoli yng nghanolbarth Cymru ar hyn o bryd? Yno y dylem ni gychwyn, dwi'n credu,' meddai'r Cyrnol gan ddatgan ffaith, nid cwestiwn nac argymhelliad. 'Os dilynith y bobl sydd yno y drefn arferol fe gadwan nhw'u pennau i lawr am ychydig oriau – diwrnod cyfan, efallai, cyn symud ymlaen. Pa fath o brofiad sydd gan y person yma? Y peth olaf sydd ei angen arnom ydi rhywun wnaiff golli'i ben a gwneud camgymeriadau elfennol.'

Rhoddodd Syr Humphrey ffeil denau yn nwylo'r Cyrnol. Agorodd yntau hi a sgubo'i lygaid dros y manylion.

'Abel Morgan? Fo sydd yno? Dwi heb ei weld ers blynyddoedd, ond os mai fo sydd yno mae rhywfaint o obaith, felly. Tydi o erioed wedi methu, i mi wybod o leiaf,' meddai gyda hanner gwên ar ei wyneb.

'Rydach chi'n ei adnabod, felly?' meddai Kilmarnock.

'O ydw. Dwi'n adnabod Morgan yn dda iawn ers blynyddoedd. Welais i erioed neb tebyg iddo, a deud y gwir, trwy gydol fy ngyrfa yn y fyddin. A dyna pam y cafodd o lysenw gan hogia'r gatrawd, er na wnaeth yr un ohonyn nhw fyth feiddio ei alw'n hynny yn ei wyneb, chwaith . . .' Oedodd am ychydig eiliadau a syllu o un wyneb i'r llall cyn hanner sibrwd . . . 'Lladdwr.'

Sgwennwr

Y bore canlynol, dydd Mercher, canodd cloc larwm
Dafydd Smith yn ôl ei arfer am wyth. Ond roedd wedi
deffro ers hanner awr, diolch i gyfuniad o sŵn ei fam yn
paratoi brecwast a'r radio swnllyd yn y gegin. Roedd yn
siŵr ei bod yn ei chwarae mor uchel â hynny er mwyn
sicrhau ei fod yn codi i fynd i'r swyddfa ac i swydd yr
roedd yn ei chasáu fwyfwy bob dydd.

Bu'n byw 'nôl adref ers wyth mis bellach, ac er mor
ddiolchgar oedd i'w fam am bopeth, buasai'n gwneud
unrhyw beth er mwyn gadael. Nid am y tro cyntaf,
ciciodd ei hun yn feddyliol am wastraffu'r holl arian a
enillodd yn Llundain. Yn robotaidd agorodd y llenni gan
grychu'i lygaid rhag y golau cyn gwisgo'r un crys â'r
diwrnod cynt, y tei yn dal wedi'i glymu am y gwddf, a
thaflu hen siwmper dros y cyfan i guddio'r crychau. Nid
oedd amynedd ganddo i fynd i'r gawod a gwthiodd ei
draed i'w esgidiau wrth gerdded i lawr y grisiau.

Daeth i mewn i'r gegin fel roedd y bwletin newyddion
yn dod i ben ar nodyn trist am unwaith, 'Bu farw Cymro
oedd yn aelod o'r Llynges ar ôl dod i wrthdrawiad â bws
yn Llundain ddoe. Nid yw ei enw wedi'i gyhoeddi nes y
bydd aelodau o'i deulu wedi cael gwybod, ond credir ei
fod yn bedwar deg chwech oed ac yn hanu o ardal y
Drenewydd. Nesaf, y chwaraeon gyda John Evans.'

'Canlyniad campus o ddwy i ddim i Arsenal dros Chelsea neithiwr, ac i'r Cymro ifanc James Birch, oedd yn cychwyn ei gêm gyntaf dros y Gunners. Manteisiodd yr asgellwr ifanc o Lanelli ar hynny neithiwr trwy sgorio'i gôl gyntaf dros ei glwb.' Aeth y gohebydd yn ei flaen i ddweud bod gobaith cryf gan James i gael ei ddewis ar gyfer y gêm nesaf, gêm olaf y tymor.

Taflodd ei fam olwg bryderus dros ei hysgwydd ar Dafydd, ond roedd ei dwylo'n ddwfn yn y sinc a'r radio'n rhy bell iddi ei ddiffodd.

'Peidiwch â phoeni, Mam, dwi wedi hen arfer erbyn hyn, ac mae'n braf clywed am James yn gwneud mor dda, tydi?' Roedd Dafydd ac yntau wedi bod yn ffrindiau byth ers i'r ddau ohonynt chwarae i dîm pêl-droed Cymru dan bymtheg oed. Cofiodd am y ddau ohonynt yn chwarae i dîm ieuenctid Cymru dan 17 oed yn Abertawe yn erbyn Lloegr, fo yn sgorio dwy a chael cynnig cytundeb i ymuno ag un o brif glybiau Lloegr. O fewn blwyddyn roedd wedi gadael yr ysgol a'i gartref – am byth fel y credai ar y pryd – ac yn byw yn Llundain. Yr adeg honno roedd yn ennill dwywaith gymaint â'i fam.

Mi gafodd gytundeb dwy flynedd yn sgil gêmau da ac roedd y dyfodol yn ymddangos yn ddisglair, a nifer yn sôn amdano fel y Mark Hughes newydd. Roedd James Birch yn ffrind da, ond ddim hanner mor dalentog â Dafydd. Ond yna fe darodd dwy drychineb – torrodd Dafydd ei goes a bu farw ei dad tua'r un adeg.

Yn lle canolbwyntio ar wella byddai Dafydd yn mynd allan yn gyson gyda chriwiau yfed chwedlonol Arsenal. Er gwaetha nifer o rybuddion a gawsai, roedd yn credu y byddai'i ddawn yn ddigon i'w helpu, ond roedd wedi cymryd popeth yn ganiataol a chael ei ddallu gan oleuadau llachar y ddinas.

Yr ergyd galetaf i Dafydd yn y cyfnod anodd hwnnw oedd clywed, ar ddiwrnod ei ben-blwydd yn un ar hugain, bod Arsenal yn ei ryddhau o'i gytundeb. Roedd James wedi ceisio'i helpu, ond roedd Dafydd wedi colli'i hyder i gyd ac yn teimlo'i fod wedi methu'n llwyr ac wedi bradychu ffydd pawb ynddo. Weithiau roedd yn ddiolchgar nad oedd ei dad yn dal yn fyw i weld ei unig fab yn byw 'nôl adref. Nid oedd wedi cicio pêl-droed ers hynny.

Wrth eistedd i fwyta'i frecwast yn dawel gwyddai fod ei fam eisiau dweud wrtho am beidio â phoeni, y byddai popeth yn iawn yn fuan. Ond doedd dim syniad ganddo ble roedd am fynd nesaf. O'i sedd gwelai'r cap a gafodd am chwarae i dîm Cymru dan un ar hugain. Buasai'n llawer gwell ganddo petai'r cap yn cael ei gladdu, ond gwyddai pa mor falch oedd ei fam ohono.

Roedd yn amau'n gryf mai dylanwad perchennog y papur newydd lleol, oedd yn gefnogwr Arsenal, a sicrhaodd ei swydd bresennol iddo, yn hytrach nag unrhyw allu oedd ganddo fel ysgrifennwr neu ohebydd. Oni bai am anogaeth ei fam ni fuasai wedi ceisio am y swydd hyd yn oed.

'Mi wnaeth Meic a Gwyn ffonio eto neithiwr i ddweud fod 'na gêm heno os nad oes gen ti waith,' meddai ei fam wrtho, gan ailadrodd neges y bu'n ei dweud bron yn wythnosol ers i Dafydd ddychwelyd adref. Gwyddai ei fod yn troi'n feudwy ac mewn perygl o golli cysylltiad yn gyfan gwbl gyda'i ffrindiau ond roedd yn dal yn anodd ganddo eu hwynebu eto.

'Ac mi alwodd Ifan Llewelyn, Tyddyn Isaf, heibio

hefyd. Mae o newydd ymuno hefo'r heddlu ac mi fydd yn gweithio yn yr ardal hon am y tri mis nesa, medda fo. Dwi'n methu dallt pam y gwnaeth o ymuno efo nhw, wir, ac yntau wedi graddio mor dda o'r Brifysgol.'

Ifan oedd un o'r ychydig ffrindiau roedd Dafydd wedi cadw mewn cysylltiad agos â nhw. Teimlai y gallai ddweud popeth wrtho fo heb boeni. Penderfynodd y buasai'n ei ffonio y pnawn hwnnw o'r swyddfa.

'Diolch am y brecwast, Mam; rydach chi'n gneud i fi deimlo'n euog iawn. Mi ofala i am swper i ni heno, ar ôl gwaith,' meddai gan fynd â'i blât at y sinc.

'Wnei di mo'r fath beth, neu mi fyddwn ni'n dau wedi marw o wenwyn bwyd! A dwi wedi dweud wrtha chdi o'r blaen, llai o'r *chi* yna, dwi ddim yn hanner cant eto, cofia! Croeso i ti fenthyg y car heddiw, gyda llaw – does mo'i angen o arna i.'

*　　　　*　　　　*

Roedd swyddfa'r *Mid Wales Herald* ar ail lawr adeilad ar sgwâr y Drenewydd, lai na hanner awr o gartref Dafydd. Tair ystafell oedd iddi, un i'r golygydd, un i'r pump aelod arall o'r staff gohebu, a stafell i ddatblygu lluniau'r ffotograffydd, Dylan Jones. Cyfrifiaduron digon cyntefig oedd gan bawb – ni allent ddal ond hanner dwsin o straeon mil o eiriau ar yr un pryd – ac roedd rhaid printio copi o bob un rhag ofn i'r system fethu.

Nid oedd y golygydd, Peter Jones, yn cymryd fawr o sylw o'r hyn oedd yn digwydd yn y dref na'r hyn a gâi ei brintio yn ei bapur. Ei brif ddiddordeb oedd cyrraedd y dafarn amser cinio er mwyn yfed chwe pheint o seidr, a'i ddirprwy, Mark Thomas, oedd yn gyfrifol am redeg y papur. Roedd yn athro da ond bod gormod o bwysau ar ei ysgwyddau. Prif ohebydd y papur oedd merch ddeniadol bryd tywyll o Lundain, Tara Townsend, oedd ddwy flynedd yn hŷn na Dafydd.

Roedd hi'n dweud o leiaf unwaith bob diwrnod, 'Dwi ond yn aros yma i gael y profiad er mwyn mynd 'nôl i Lundain at un o'r papurau mawr dyddiol cyn symud ymlaen at un o'r prif gwmnïau darlledu fel gohebydd arbenigol. Bydd fy stint yma'n rhoi dipyn o *cred* imi. Ac mae'n siŵr y bydd yn dda i chithau hefyd er mwyn denu staff gwerth chweil yma yn y dyfodol.'

Nid oedd Dafydd yn hoff o'i hagwedd, ac ni wellodd y sefyllfa pan benderfynodd hi mai fo, gyda'i gysylltiad agos â chlwb Arsenal, oedd y dyn gorau iddi hi yn yr ardal. Roedd Dafydd wedi dweud wrthi'n blwmp ac yn blaen nad oedd ganddo ddiddordeb yn rhywun oedd mor ddilornus o'i ardal enedigol a'i wlad. Wnaeth hithau byth faddau iddo am ei gwrthod. Byddai'n manteisio ar bob cyfle i adael y gwaith diflas i Dafydd gan ar yr un pryd wthio'i henw hi ei hun ar bob stori.

Roedd pedair wal y brif swyddfa wedi'u gorchuddio â silffoedd yn llawn o hen gopïau o'r papur ac roedd rhyw fath o drefn arnynt, mae'n debyg, er nad oedd Dafydd hyd yma wedi llwyddo i'w datrys. A chan fod y silffoedd yna'n orlawn roedd y copïau diweddaraf mewn bocsys dan ddesg Dafydd, a'r ddesg ei hun wedi'i gorchuddio gyda datganiadau i'r wasg, darnau o bapur sgrap a hen luniau. Nid oedd ganddo'r hyder i symud dim oddi arni.

Eisteddodd yn ei gadair a chyfarch Phil Williams, gohebydd tal a thenau oedd wedi bod yno ers deng mlynedd. Gwsigai siwt las tywyll *pin-stripe* bob dydd a doedd Dafydd byth yn siŵr ai'r un siwt oedd hi ynteu dau neu dri fersiwn o'r un steil. Phil oedd yn gyfrifol am y newyddion cymunedol, y croeseiriau a rhagolygon y sêr. Roedd y golygydd yn gwrthod talu am ragolygwr proffesiynol, felly byddai Phil wrthi'n dyfeisio dyfodol i bawb bob dydd Mercher.

'Be sy gen ti ar fy nghyfer i yr wythnos yma, Phil? Sgŵp fawr a rhifau'r loteri, gobeithio,' meddai Dafydd wrtho, gan wybod mai ofer oedd y tynnu coes gan fod Phil yn llawer rhy ddifrifol i ymateb.

'Ti'n dal heb ddarllen papur yr wythnos yma, felly,' meddai Phil yn sych. 'Dylsat fod yn ei ddarllen yn syth ar ôl iddo gael ei gyhoeddi i wneud yn siŵr nad oes camgymeriadau ynddo fo. Dyna fydda i'n ei wneud cyn mynd ati i ddewis fy nhîm *Fantasy football* yn y *Telegraph* ar gyfer y penwythnos.'

'Ble mae pawb arall? Mae hi'n ddistaw iawn yma – hyd yn oed o gofio mai bore dydd Mercher ydi hi,' meddai Dafydd, er mwyn osgoi ymateb yn uniongyrchol i Phil; doedd o byth yn siŵr a oedd o'n tynnu'i goes ai peidio wrth siarad fel hyn. Tarodd gip trwy gopi'r wythnos honno o'r papur ar yr un pryd. Doedd dim golwg o'i enw na'r un pwt a ysgrifennodd tan dudalen 17.

'Mae'r golygyddion a'r prif ohebydd mewn cyfarfod gyda'r adran farchnata, ac mae Emyr a Dyl allan ar ôl rhyw stori dwi'n meddwl. Dwi'n mynd rŵan hefyd, i gyfarfod o'r Cyngor Sir; mae 'na nifer o faterion ariannol diddorol yn cael eu trafod yno.' Nid oedd Phil byth yn gadael yr ystafell newyddion ond i fynychu cyfarfodydd o'r Cyngor – yn enwedig y Pwyllgor Cynllunio lleol –

pan gâi gyfle i atgoffa pawb fod ganddo sgiliau llaw-fer
ardderchog.

Ar ôl iddo fynd edrychodd Dafydd trwy ei lyfr
nodiadau i weld a oedd unrhyw bwt o stori y gallai ei
hysgrifennu. Roedd y tymor criced wedi cychwyn ac
roedd ar fin codi i fynd i brynu copi o bapur dyddiol i
weld pwy gurodd pwy yn y gêmau canol wythnos pan
ganodd y ffôn ar ddesg Tara. Gan nad oedd neb arall yno,
a Dafydd ar ei draed, cododd y derbynnydd gyda'r
cyfarchiad, 'Helô, swyddfa'r *Herald*?' Dim byd ond
tawelwch am eiliad neu ddwy ar ben arall y lein, yna:

'Helô, ydi Tara yna os gwelwch yn dda?' sibrydodd
llais dyn canol oed.

'Mae'n ddrwg gen i, ond tydi hi ddim yma ar hyn o
bryd. Alla i gymryd neges iddi? Fi ydi'i chynorthwy-ydd
hi,' meddai gan wenu, gan mai felly yr oedd hi'n cyfeirio
ato'n aml.

'Byddai'n well gen i siarad gyda Tara ei hun; mae hyn
yn gyfrinachol ac yn fater o frys mawr,' atebodd y llais yn
gyflym gan siarad yn ddistawach fyth. Gallai Dafydd
glywed sŵn seiren car heddlu ar y pen arall.

'Fydd hi ddim yn ôl am hanner awr o leiaf, ond os
rhowch y neges i mi, mi alla i fynd â hi iddi ar unwaith.
Gallwch ymddiried ynddai i.' Oedi eto ar ben arall y lein.

'O'r gorau, dywedwch wrthi mai ffrind agos sydd yma
– mi fydd yn gwybod yn iawn pwy – ac y buasai'n talu
iddi fynd draw ar unwaith i gartref Gladys Morse. Y troad
cyntaf i'r dde ar ôl fferm Tyddyn Isaf ydi hwnnw. Mae'r
dyn llefrith wedi dod o hyd i gorff yno y bore 'ma mewn
amgylchiadau amheus.'

Roedd chwilfrydedd Dafydd wedi ei hen ddeffro erbyn

47

hyn, ac roedd wedi tynnu beiro o boced ei drowsus a dechrau ysgrifennu ar ddarn o bapur oedd ar ddesg Tara.

'Mae'r heddlu'n credu iddi gael ei llofruddio. Roedd coblyn o olwg yn y tŷ ac roedd ei chi wedi'i guro i farwolaeth hefyd.'

Erbyn hyn, prin roedd Dafydd yn gallu clywed y llais er ei fod yn gwasgu'r derbynnydd i'w glust nes y teimlai'r gwaed yn pwmpio trwyddi.

'Alla i ofyn pwy sy 'na, os gwelwch yn dda, a sut rydech chi'n gwybod hyn i gyd?' Heb rybudd fe aeth y ffôn yn farw yn llaw Dafydd.

Gosododd y derbynnydd yn ôl yn ei grud gan edrych yn ofalus arno cyn taflu cipolwg arall o amgylch y swyddfa wag. Llofruddiaeth yn yr ardal hon, a neb ond fo'n gwybod amdani! A hynny drws nesaf i fferm roedd yn ei hadnabod yn dda, fferm ei ffrind oedd newydd ddechrau gweithio fel heddwas yn yr ardal hefyd!

Am y tro cyntaf ers cychwyn gweithio yn swyddfa'r *Herald*, teimlodd wefr ryfedd yn cydio ynddo, tebyg i sgorio gôl, a brasgamodd am y drws gan godi'i siaced oddi ar y gadair wrth fynd.

Yn ei frys i adael fe adawodd y darn papur gyda'r nodiadau arno ar ddesg y prif ohebydd.

Y Ffermdy

Fel roedd Dafydd wedi'i ddisgwyl, roedd car heddlu'n rhwystro mynediad i'r lôn gul a arweiniai at gartref Gladys Morse. Gyrrodd heibio'n hamddenol cyn cyrraedd troad fferm Tyddyn Isaf a dilyn honno. Gwyddai am giât y gallai'i hagor er mwyn parcio'i gar o olwg y lôn fawr yno cyn torri ar draws dau gae i gyrraedd bryncyn oedd yn edrych i lawr ar yr hen ffermdy.

Cofiai fel y byddai Ifan ac yntau'n blant yn galw heibio tŷ'r hen wraig yn yr haf a chael croeso bob amser, a byth yn gadael heb gael diod lemon neu ddarn o gacen. Pam yn y byd y buasai unrhyw un eisiau ei llofruddio hi? Brasgamodd ar draws y caeau i gyfeiriad ei chartref.

O fewn deng munud roedd yng nghysgod coeden ar gopa'r bryncyn oedd â golygfa dros fuarth Gladys Morse. Roedd dau gar heddlu yno, fan wen heb unrhyw arwydd arni, a dau gar glas. Adnabu'r rheiny fel rhai'r CID lleol. Gwelai ambiwlans yno hefyd, ond nid oedd yr un golau'n fflachio ac roedd pawb yn symud yn bwyllog. Roedd pedwar plismon ar eu pengliniau ar y buarth yn ei archwilio'n ofalus ac eraill yn tynnu lluniau.

Yna sylwodd Dafydd fod y glaswellt hir ar gopa'r bryncyn wedi'i wasgu'n fflat, fel pe bai rhywun wedi gorwedd yno – o leiaf ddau berson hefyd, yn ôl yr hyn a welai. Cymerodd gam gofalus yn ôl gan feddwl eto bod hwn yn lle delfrydol ar gyfer gwylio'r buarth heb gael eich gweld.

Heb rybudd, teimlodd Dafydd fraich fel crafanc ddur yn gwasgu am ei wddf a llaw arall yn troi ei fraich yn giaidd tu ôl i'w gefn gan ei wthio i'r llawr nes bod ei drwyn yn taro'r ddaear.

*   *   *

Wedi iddo adael i'r corff lithro dan ddyfroedd Llyn Clywedog y diwrnod cynt, gyrrodd y Lladdwr i gyfeiriad Llanidloes, lle roedd yn aros mewn llety gwely a brecwast bychan roedd wedi'i ddefnyddio yn y gorffennol. Credai'r perchnogion mai gwerthwr cydrannau peiriannau amaethyddol oedd e, ac roedd y stori wedi bod yn hynod ddefnyddiol iddo. Roedd wedi dysgu cymaint ag y gallai am y diwydiant ar ei gof.

Gwyddai y byddai rhywun yn dod o hyd i'r cyrff yn fuan ond nid oedd yn poeni am hynny. Gobeithiai y byddai'r heddlu'n credu mai lladrad aeth o chwith oedd hwn ac y byddai corff marw lleidr o'r ardal yn dod â'r ymchwiliad i ben. A gwyddai bod rhaid iddo ffonio'n fuan, ond roedd yn well ganddo wneud hynny o'r dref yn hytrach nag o giosg ynghanol nunlle. Nid oedd yn hoffi defnyddio'r ffôn symudol a gafodd gan y swyddfa yn Llundain, os nad oedd raid.

Roedd hefyd yn gwybod y byddai'n rhaid iddo ddychwelyd i'r ffermdy i chwilio unwaith eto am y pecyn, er bod hynny'n tynnu'n groes i'r graen. Rhaid bod ei gynnwys yn bwysig tu hwnt; ond eto, os oedd e mor bwysig, pam na ellid defnyddio'r heddlu i chwilio amdano? Roedd rhai o elfennau'r achos hwn yn ei wneud yn anesmwyth, ac ni allai ond amau cymhelliad y rheiny.

Pan gyrhaeddodd dref Llanidloes tynnodd yr amlen fawr o arian parod o'r bag yng nghefn y car a mynd i giosg gwag. Deialodd y rhif yn Llundain a chymerodd dros funud iddo glywed llais yr ochr arall yn gofyn am ei rif. Adroddodd hwnnw, dweud ei fod am fynd i glwydo am ddiwrnod i gadw golwg ar unrhyw ddatblygiadau, ond y gellid cysylltu ag ef mewn argyfwng ar y rhif arferol neu'r un symudol.

Yn fuan ar ôl brecwast y bore wedyn, ac o fewn munud i roi'r derbynnydd i lawr i ddweud ei fod yn barod am yr alwad, roedd teimlad annifyr ym mêr ei esgyrn yn ei rybuddio ei fod mewn perygl. Ni fu'n rhaid iddo ddisgwyl yn hir am yr alwad.

*   *   *

Crynodd *pager* Syr Humphrey yn y swyddfa dderw ac roedd yn deialu'r rhif o fewn eiliadau. Roedd y Cyrnol yn eistedd nesaf ato, fel y gwnaeth y diwrnod cynt, ac wrthi'n gwneud nodiadau o fanylion diweddaraf yr achos roedd y ddau newydd eu rhoi iddo.

Gwyddai'r Cyrnol yn reddfol nad oeddent yn dweud y cwbl, ac roedd wedi treulio'r pedair awr ar hugain diwethaf yn gwneud ymholiadau i geisio gweld ai cyrch cyfrinachol oedd hwn, ynteu un answyddogol. Roedd wedi gwasgu nifer o'i gysylltiadau a'i ffynonellau am fwy o wybodaeth ynghylch beth allai fod y tu ôl i'r panig yma i ddod o hyd i'r pecynnau, ond heb lwyddiant.

Nid dyma'r tro cyntaf i weinidogion gamddefnyddio'u

pwerau am rhesymau personol. Bu farw pump o filwyr y Cyrnol mewn carchar yn Affrica yn dilyn *coup* aflwyddiannus, cyrch oedd wedi'i awdurdodi ar y lefel uchaf ond a gafodd ei wadu pan aeth pethau o chwith. Nid oedd erioed wedi maddau i'r rheiny oedd yn gyfrifol. Roedd un cwestiwn yn llosgi ar flaen ei dafod.

'Pam na allwn ni ddefnyddio'r pwerau arferol, rhoi gwybod i'r heddlu beth sydd wedi digwydd, y wasg ac ati, a rheoli'r sefyllfa fel'na?' gofynnodd y Cyrnol, gan esgus ei fod mewn penbleth.

'Yn anffodus mae hynny'n gyfan gwbl amhosibl oherwydd rhesymau diogelwch cenedlaethol ehangach, ac am fod yr achos hwn yn rhannu ffiniau gydag achos arall,' meddai Kilmarnock, wrth daflu edrychiad sydyn tuag at ei gyfaill, un a welodd y Cyrnol yn glir er ei fod yn ffugio codi blewyn oddi ar ochr ei gwpan.

'Rydw i am ffonio'r swyddog yna y funud hon – mae ganddo fwy o fanylion i ni – yna rydw i am ei drosglwyddo i chi, Gad-lywydd Wright,' meddai Syr Humphrey wrth roi'i law dros y derbynnydd a deialu gyda'r llall. Aeth Kilmarnock ymlaen gyda'r cyfarwyddiadau.

'O hyn ymlaen, chi fydd y cyswllt uniongyrchol ond rydych chi i gysylltu gyda mi'n rheolaidd i roi'r manylion diweddaraf wrth i chi eu derbyn. Oni chlywch yn wahanol, defnyddiwch y rhif rydw i newydd ei roi ichi. Fyddwn ni ddim yn cyfarfod ar ôl heddiw,' rhybuddiodd.

'Beth ydi'r sefyllfa ddiweddaraf?' cyfarthodd Syr Humphrey wrth Abel ar ben arall y ffôn. 'Be goblyn ddigwyddodd ddoe? Roedd hwn i fod yn gyrch distaw, diffwdan.' Cyn iddo allu parhau roedd y derbynnydd wedi'i rwygo o'i ddwylo gan y Cyrnol oedd wedi hanner codi o'i gadair a rhoi ei law dros y derbynnydd, ac er ei fod yn siarad yn dawel roedd y bygythiad yn glir yn ei lais.

'Gyda phob parch, dwi'n meddwl ei bod yn well i mi gymryd drosodd o'r fan hon. Dyma fy arbenigedd i, ac mi all y sefyllfa fynd yn llawer gwaeth os nad ydyn ni'n ofalus. Yn arbennig o gofio nad ydyn ni'n cael defnyddio'r sianeli cyhoeddus, swyddogol wrth gwrs.'

Gwyddai'r Cyrnol o'r edrychiad yn llygaid Syr Humphrey nad oedd am wneud hynny o gwbl.

'Bore da. Y Cyrnol sydd yma, mi fydd popeth yn iawn. Fi sy'n delio gyda'r achos yma rŵan, ac mi fydd yn rhaid i ni gywiro'r camgymeriadau eraill sydd wedi'u gwneud hyd yma. Rydw i'n deall mai amatur oedd gyda ti? A bod hwnnw am fod yn ddistaw rŵan? Ac nad oes neb arall yn gwybod am hyn am y tro? Da iawn. Dwi'n gweld nad wyt ti wedi colli dy sgiliau. A'r rheiny sy'n mynd i helpu pobl i ddod o'r twll y maen nhw wedi'i greu iddyn nhw'u hunain ar hyn o bryd. Mi ddylsen nhw fod yn ddiolchgar iti.'

Edrychodd yn herfeiddiol ar y ddau arall i weld a fyddent yn protestio ynghylch y ffordd roedd yn eu disgrifio. Ni ddywedodd yr un ohonynt air, a chollodd y Cyrnol bob rhithyn o barch oedd ganddo tuag atynt. Ni fyddai'n ymddiried ynddynt chwaith.

'Mae'r wybodaeth ddiweddaraf gen i. Yn amlwg rhaid cael gafael ar y pecyn yna, a dyna fydd dy flaenoriaeth di. Dwi'n amau'n gryf fod ail becyn wedi'i bostio bore ddoe – dyna'r eglurhad symlaf, a'r rheiny fel arfer yw'r rhai cywir hefyd. Eto, dwi'n credu y bydd hwnnw'n cyrraedd y bore 'ma, felly rhaid ceisio dal y pecyn hwnnw a dod o hyd i'r un cyntaf hefyd.'

Oedodd, gan ei fod ar fin rhoi gorchymyn anodd a pheryglus. Roedd y Lladdwr yn un o'r ychydig bobl yn y byd roedd yn ymddiried yn llwyr ynddo.

'Er gwaetha'r perygl rhaid i ti fynd 'nôl i'r safle a cheisio dod o hyd i'r pecyn, a sicrhau nad oes neb arall wedi cael gwybod am hyn. Mi alla i anfon tîm i dy helpu, ond ar hyn o bryd mae gynnon ni lawer mwy o obaith llwyddo wrth gadw popeth ymysg cyn lleied o bobl â phosibl. Dos yn ôl a gwna'n siŵr nad oes neb arall yn gwybod. Defnyddia unrhyw fodd i sicrhau hyn. Unrhyw fodd.'

*   *   *

Roedd Ifan Llewelyn ar ddyletswydd y bore hwnnw pan glywodd yr alwad am fferm Mrs Morse ac roedd yn un o'r cyntaf i gyrraedd y safle. Teimlai'n sâl wrth weld corff Gladys Morse yn gelain. Roedd y ci wedi llusgo'i hun at ei chorff ac wedi marw yno hefyd. Diolchodd yn dawel nad oedd yn ddiwrnod poeth gan fod y cyrff wedi gorwedd yno am ddiwrnod eisoes.

Hwn oedd y corff cyntaf iddo ei weld erioed, ac roedd yn teimlo cyfuniad rhyfedd o chwilfrydedd a salwch ym mhwll ei stumog nes ei fod bron â chyfogi. Gwelodd rai o'r heddweision eraill yn gwenu wrth sylwi ar ei wyneb gwelw, a rhyfeddodd eu bod yn gallu bod mor ddifater wrth drafod corff marw.

'Paid poeni,' meddai'r Inspector wrtho. 'Mi ddoi dithau, fel nhw, i arfer gydag amser. Mae'n drist, ond os wyt ti am lwyddo yn yr heddlu rhaid i ti dderbyn y ffaith syml yna, a'r ffordd mae sawl un ohonom yn delio 'fo hyn ydi trwy gymryd cam yn ôl a dysgu datgysylltu'n hunain yn emosiynol o'r hyn 'dan ni'n ei weld. Bydd hynny'n dy wneud yn heddwas gwell hefyd, cofia – yn enwedig rhywun fel chdi sydd eisiau mynd yn bell.' Cyfeirio yr oedd at y ffaith fod gan Ifan radd dda yn y Gyfraith a Throsedd a'i fod wedi'i glustnodi'n barod fel un fyddai'n swyddog yn y dyfodol.

Roedd llai na blwyddyn ers iddo wisgo'r lifrai am y tro cyntaf, ac er ei fod yn dal i ddysgu'i grefft roedd yn benderfynol o wneud gyrfa ohoni. Dyna fu ei freuddwyd erioed, er torri galon ei dad oedd am ei weld yn etifeddu'r fferm. Byddai honno, fwy na thebyg, yn cael ei gwerthu yn y dyfodol agos.

O fewn munudau roedd ceir CID a'r uned fforensig wedi cyrraedd. Fel plismon ifanc a dibrofiad cafodd Ifan ei anfon i gadw golwg ar y ffordd ac i wneud yn siŵr nad oedd neb yn dod at y ffermdy ar hyd un o'r llwybrau oedd yn cris-croesi'r caeau, ac yn arwain at y bryncyn lle roedd y goeden.

Roedd yn edrych yn ôl i gyfeiriad y ffermdy pan welodd, trwy gornel ei lygaid, rywun yn rhedeg yn ei gwrcwd tuag at y bryncyn. Estynnodd am ei radio cyn cofio iddo ei gadael yn y car. Camgymeriad elfennol, a theimlai'n hynod o flin gydag ef ei hun. Roedd mewn cyfyng gyngor: un ai rhedeg i nôl cymorth, nôl y radio, gweiddi am help ynteu dilyn y person?

Penderfynodd ei ddilyn rhag ofn ei golli a gwneud llanast llwyr o'r sefyllfa. Rhedodd ar ei ôl, gan gadw'n isel yn y gwair hir a mynd ato'n araf. Roedd y gŵr â'i gefn ato a'i sylw wedi'i hoelio ar y ffermdy, ac ar y llawr. Ymddangosai fel petai'n chwilio am rywbeth yno. Manteisiodd Ifan ar y cyfle, gan daflu cip sydyn ar y llawr i wneud yn siŵr nad oedd brigyn yno a fradychai ei bresenoldeb. Cofiodd yr hyn a ddysgwyd iddo yn academi'r heddlu a sylweddolodd ei fod ar fin arestio rhywun am y tro cyntaf. Gollyngodd anadl hir wrth nesu'r ychydig droedfeddi olaf cyn neidio a chrafangu am arddwrn y dyn a'i droi tu ôl i'w gefn gan wasgu'i fraich o amgylch ei wddf.

*   *   *

Ar ôl cyrraedd 'nôl i'w swyddfa rhoddodd y Cyrnol alwad i gyn-gydweithiwr oedd bellach yn gweithio yn sector annibynnol maes diogelwch.

'Macdonald, sut mae busnes y dyddia 'ma? Ti'n dal yn gwarchod bywydau unbenaethiaid a *sheikhs* olew cyfoethog?'

'Mae'r busnes yn mynd yn dda iawn,' chwarddodd y llall. 'Basai'n llawer gwell – i'r ddau ohonon ni – petait ti'n ymuno gyda mi. Gallwn i dreblu dy gyflog dros nos am lawer llai o waith hefyd, cofia!'

'Mi gadwa i hynny mewn cof, ond gofyn ffafr ydw i. Dwi am i ti geisio dod o hyd i ffynhonnell y rhif ffôn yma. Dwi'n amau na fydd hi'n hawdd, ond dwi'n fodlon talu faint bynnag mae'n gostio,' meddai'r Cyrnol, gan fyseddu'r papur gyda rhif Kilmarnock arno.

'Ti'n gwybod yn iawn na dderbynia i yr un geiniog gen ti, ac mi fydda i wedi cael hyd i'r person tu ôl i'r rhif o fewn oriau, dwi'n addo.'

Gwyddai'r Cyrnol yn reddfol fod gwybodaeth o bwys mawr a chyfrinachau roedd ef yn awyddus iawn i'w meddiannu yn y pecynnau oedd ar goll. Roedd gwybodaeth o'r fath yn amhrisiadwy, ond nid oedd ganddo syniad sut y gallai wneud hynny heb godi amheuon Syr Humphrey a Kilmarnock. Tybed hefyd pam fod y ddau ŵr nerthol hyn yn cymryd diddordeb mor amlwg yn yr achos, a pham fod pobl wedi cael eu lladd yn ei sgil?

Gadawodd neges gyda hen ffrind arall, un a achubodd ei fywyd flynyddoedd yn ôl ac a oedd bellach yn uchel-swyddog yn y gwasanaeth cudd; roedd o wedi bod yno ers deng mlynedd ar hugain. Byddai yntau'n siŵr o wybod y math o fanylion am yrfaoedd Kilmarnock a Syr Humphrey nad oedden nhw ill dau'n datgelu ar eu CV swyddogol.

Y Postmon

'Rwy'n dy arestio di . . .' gwaeddodd Ifan gan duchan yn galed wrth ymrafael ar gefn y gŵr oedd yn gwylio'r hen ffermdy, 'ar amheuaeth o lofruddio. Does dim rhaid i ti . . .'

Llonyddodd y dyn ar ei union a chlywodd Ifan ef yn chwerthin a hanner tagu wrth iddo geisio siarad ar yr un pryd mewn llais poenus o gyfarwydd.

'Ifan, be goblyn ti'n feddwl ti'n ei wneud? Fi sy 'ma, y clown, dy ffrind gora, ti'n cofio? Arestio ar amheuaeth o lofruddio, wir! Be haru dy ben di, dywed? Rhaid dy fod ti'n ysu am ddyrchafiad – a dim ond newydd gychwyn yn y gwaith rwyt ti!'

Roedd Ifan wedi'i ryddhau ar amrantiad ac wedi camu 'nôl yn frysiog o glywed llais cyfarwydd Dafydd; cododd hwnnw ar ei benigliniau ac yna ar ei draed gan ysgwyd y pridd a'r glaswellt oddi ar ei ddillad gan hanner chwerthin trwy'r cyfan.

'Chlywi di mo'r diwedd am hyn am amser hir, iawn, iawn, cred ti fi. Ac mi fydd y lleill wrth eu boddau o glywed hefyd!' Teimlai Ifan yn euog am neidio mor galed ar ei gyfaill a cheisiodd amddiffyn ei hun yn gloff. 'Be ti'n ddisgwyl imi ei wneud? Mi wnes i dy weld ti'n rhedeg ar draws cae ac yn ymddwyn yn amheus a chadw o olwg yr heddlu gan wylio hen ffermdy lle cafodd Gladys Morse ei llofruddio oriau'n unig ynghynt . . .'

'Llofruddio, ddywedaist ti? Mi hoffwn i wybod pa dystiolaeth oedd gen ti i nghyhuddo i o hynny, mond ar ôl fy ngweld yn rhedeg ar draws cae! Ond – llofruddiaeth yn yr ardal yma! A Mrs Morse druan? Be goblyn oedd hi wedi'i wneud i unrhyw un i haeddu cael ei lladd?'

Atebodd Ifan ar ei union heb feddwl, gan geisio cuddio'i chwithdod am iddo fod mor fyrbwyll funudau ynghynt. Pe dôi unrhyw un o'r swyddogion eraill i glywed am hyn byddai'i yrfa ar ben. Ceisiodd siarad mor naturiol ag arfer gyda'i ffrind gorau er mwyn tynnu sylw hwnnw oddi wrth ei gamgymeriad.

'Mae'n edrych fel petai hi wedi dal rhywun oedd wedi torri i fewn i'w chartref i ladrata ac roedd golwg ofnadwy arni hi hefyd, cofia. Ond eto, mae 'na rywbeth rhyfedd iawn ynghylch yr holl beth; doedd dim byd i weld wedi'i ddwyn, er bod ei llyfr pensiwn a'i phwrs yn y bowlen ffrwythau ar y ddresal a chloc drud ar y wal.

'Roedd ôl chwilota mawr yno a phecyn brown trwchus wedi'i rwygo ar agor ac wedi'i adael ar y llawr. Cred yr Inspector oedd fod rhywun wedi bod yn chwilio am rywbeth yno. Roedd gan yr amlen yma sêl goch swyddogol y Llynges arni. Mi dynnodd hynna fy sylw yn syth, achos roedd o'n edrych yn swyddogol iawn.

'Mi welis lun o'i nai ar y ddresal hefyd. Ti'n ei gofio fo, yndwyt? Yr un aeth i'r Llynges ac oedd bob amser yn gyrru ceir cyflym, *flashy.*' Crychodd Ifan ei dalcen yn sydyn a chodi'i law i bwyntio at Dafydd fel pe bai newydd sylweddoli fod ei ffrind mewn cae ger tŷ lle bu llofruddiaeth. 'Ond be wyt ti'n ei wneud yma'r adeg yma o'r bore beth bynnag? Anodd gen i gredu mai cyd-ddigwyddiad ydi dy fod ti yn yr ardal, a llofruddiaeth newydd ddigwydd.'

Tro Dafydd oedd hi i ateb yn awr, er bod rhywbeth roedd Ifan newydd ei ddweud wedi procio'i gof. Teimlai fod rhyw gysylltiad pwysig yno, ond roedd fel ceisio dal niwl.

'Mi ddaeth galwad ddi-enw i swyddfa'r papur y bore 'ma, ac mi ddois i yma ar fy union i weld beth oedd wedi digwydd. Os wyt ti'n dweud mai llofruddiaeth ydi hon, yna mae hi'n glamp o stori.' Roedd cyfuniad od o chwilfrydedd a chyffro wedi gafael ynddo a theimlai'i feddwl yn rasio i bob cyfeiriad.

'Mae'n rhaid bod gen ti ffynhonnell yn y gwasanaethau brys,' atebodd Ifan, 'achos dim ond newydd dderbyn yr alwad rydan ni. Rhaid bod y dyn llefrith wedi galw heibio i gasglu arian yn gynt nag arfer. Fel arall fe allai fod yn ddyddiau lawer cyn i neb ddod o hyd i'r corff. Mae hi'n bell o bobman yn fan'ma, heblaw am Tyddyn Isaf. Mae'n gwneud i ti amau oedd y lleidr neu bwy bynnag wedi bod yn cadw golwg ar y lle 'ma, tydi?'

Gafaelodd Dafydd ym mraich Ifan yn sydyn gan ei wthio 'nôl a throi edrych ar y llawr. 'Cyn i ti gyrraedd, roeddwn i newydd sylwi fod y glaswellt yn wastad yn y fan hon, fel tasai rhywun wedi treulio amser yn gorwedd yno. Fel y gweli, mi fasai hwn yn lle perffaith ar gyfer gwylio'r ffermdy. Lwcus fod dy naid di mor annisgwyl neu 'swn i wedi chwalu unrhyw dystiolaeth oedd yma!'

Cytunodd Ifan hefyd yn ddistaw bach a rhegodd ei hun eto am fod mor esgeulus â gadael ei radio yn y car. Penderfynodd yn gyflym beth roedd am ei wneud nesaf cyn iddo wneud rhagor o gamgymeriadau.

'Mae'n well i ti fynd draw at y ffordd, dwi'n meddwl, tra dwi'n mynd i ddweud y cyfan wrth yr Inspector; mi all fod yn bwysig. Mi ddyweda i wrtho dy fod ti yma, ond dy fod yn dilyn llwybr cyhoeddus ac yma yn rhinwedd dy swydd fel gohebydd. Gwell cadw at hynny, dwi'n meddwl. Dos 'nôl at dy gar ac mi wela i di yno. Bydd yn well i ti fod yno, o'r ffordd, ond os arhosi di dwi'n siŵr mai cael dy hel oddi yma gei di. Ond paid â gadael y car achos bydd raid i ti gael dy holi, ti'n dallt? Ac mi fyddan nhw'n siŵr dduw o dy holi am dy ffynhonnell hefyd.'

'Ia, bydd lot gwell i ni gadw at y stori honno, yn bydd,' meddai Dafydd, 'does dim pwrpas rhoi rheswm iddyn nhw dynnu dy goes di, nag oes? Ond efallai'i bod hi'n deg mod i'n cael tipyn bach mwy o wybodaeth gen ti?'

Cytunodd Ifan, gan feddwl ar yr un pryd y byddai'n difaru am hynny wedyn.

*   *   *

Dilynodd Dafydd yr un llwybr 'nôl tuag at y car gan ryfeddu nad oedd yr un plismon arall wedi'i weld, oherwydd gallai glywed tipyn o sŵn traffig o'r fferm. Cerddai'n gyflym ac roedd yn chwysu. Atgoffodd ei hun fod angen iddo ailgychwyn ymarfer o ddifri, ond ymarfer ar gyfer beth? Doedd ganddo ddim syniad, ond penderfynodd ddechrau rhedeg unwaith eto pan ddôi'r haf.

Roedd rhywbeth yn dal i'w boeni, yn procio'i gof, ond allai yn ei fyw ei hoelio. Dringodd dros y giât bren a theimlo draenen yn gwasgu i gledr ei law gan dynnu gwaed yn syth. Pwyso yn erbyn y giât yn ceisio gwasgu'r ddraenen o'i law yr oedd pan glywodd beiriant car, a daeth fan fach goch Swyddfa'r Post rownd y gornel.

Yn gyrru'r fan roedd bachgen oedd flwyddyn yn iau nag o yn yr ysgol – cefnogwr pêl-droed brwd. Gwelodd hwnnw ef yr un pryd a gwasgodd ar y brêcs mor galed fel y bu bron iddo â tharo'i wyneb yn y ffenestr flaen. Wil neu Gwilym neu rywbeth felly oedd ei enw, os cofiai Dafydd yn iawn. Penderfynodd beidio â dweud ei enw rhag ofn.

'Dafydd, sut wyt ti ers oes?' meddai hwnnw, gan neidio o'i sedd a cherdded tuag ato gan estyn ei law. Gadawodd beiriant y fan yn rhedeg. Roedd sbectol ddu drwchus yn cuddio'i wyneb a chnwd o wallt du cyrliog yn gorchuddio'i dalcen. Yn ei ddwylo roedd pentwr o lythyrau ac roedd yn cipio trwyddynt yn frysiog gan siarad ar yr un pryd.

'Ro'n i'n clywed dy fod ti 'nôl adref, ond dwi heb dy weld ers y gêm 'na yn Llanelli. Grêt dy weld di eto, ond ddylswn i ddim aros, dwi'n hwyr fel mae hi.' Taflodd gip ar ei oriawr. Gwisgai grys glas golau heb ei smwddio, a hwnnw'n hongian yn flêr tu allan i'w drowsus hir glas tywyll. Gwelodd y benbleth ar wyneb Dafydd.

'Ti'n cofio, yndwyt? Gwil ydw i, ac mi wnes i chwarae efo chdi yn y gêm fawr, er mai eilydd oeddwn i. Rownd derfynol cwpan ysgolion Cymru? Cyfartal oedd hi, ond o leia fe gawsom ni gadw'r gwpan am chwe mis, yndo! Dy bàs di greodd y gôl yna i mi. Wna i fyth anghofio'r diwrnod yna,' meddai gan gyfeirio at ddiwrnod braf o wanwyn bum mlynedd ynghynt.

'Be ti'n ei wneud rŵan, ti'n dal i chwarae o gwbl? Dwi efo carfan Caersws yn y gynghrair genedlaethol; mi ddylset alw heibio – os nad wyt ti wedi arwyddo i rywun arall yn barod.'

Doedd gan Dafydd fawr o amynedd sgwrsio'n hir; doedd o ddim yn hoff o gael ei atgoffa am y cyfnod pan chwaraeai bêl-droed gan fod y creithiau'n dal yn rhy boenus. Ond, yn bwysicach, roedd hanes stori ganddo – y stori ddiddorol gyntaf iddo ddod ar ei thraws trwy gydol ei gyfnod ar y papur. Dweud celwydd oedd y peth hawsaf.

'Dwi'n dal wedi fy anafu am y tro, ond mae'n siŵr y bydd yn gwella rhyw ben. Braf cael fy mhenwythnosau'n rhydd eto,' meddai, gan weld o'r benbleth ar wyneb y llall nad oedd hwnnw'n deall o gwbl. 'Ti'n cael hwyl arni, a beth am y swydd? Ers faint wyt ti'n bostmon? Siŵr dy fod yn cael trafferth codi'n gynnar!'

Yna sylwodd Dafydd ar amlen frown drwchus, maint A4, yn nwylo'r postmon, gydag enw Gladys Morse arno; dan yr enw a'r cyfeiriad roedd y gair *Secret* wedi'i brintio'n ddwfn i'r papur trwchus. Ar gefn yr amlen roedd hi'n amlwg bod arwydd a sêl y Llynges arni mewn coch hefyd.

'Mi wnes i ymuno hefo'r Swyddfa Bost yn syth o'r ysgol. Tydi'r cyflog ddim yn wych, ond dwi'n rhydd bob pnawn a gyda'r nos i ymarfer a dwi'n cael tri deg pum punt y gêm a chostau teithio. Dwi wedi hen arfer erbyn hyn hefo'r codi'n gynnar, ond dwi ar ei hôl hi braidd heddiw; ro'n i wedi gobeithio dal lifft i fynd i wylio gêm West Ham heno. Dwi heb fod o gwbl y tymor yma, ond dwi angen mynd ymlaen i Dyddyn Isaf – a ti'n gwybod sut mae Mrs Llewelyn yn siarad, heb sôn am Mrs Morse . . .' Roedd hi'n amlwg nad oedd y stori wedi torri eto, felly.

Ni fyddai Dafydd byth yn gwybod pam y dywedodd yr hyn a wnaeth nesaf, ac nid oedd yn ymwybodol iddo wneud y penderfyniad hyd yn oed. Ond roedd yn benderfynol o ddechrau ffurfio gweddill ei fywyd.

'Os wyt ti'n hwyr, mi wna i fynd â'r llythyrau yna i ti, siŵr, mae'r ddau le ar fy ffordd a dwi'n nabod y ddwy yn dda. Dwi'n cofio'n iawn gymaint mae'r *Hammers* yn olygu iti . . .'

'Paid â sôn, os fetha i fynd heno mi fydd hi wedi canu arna i i fynd i'r un gêm arall y tymor yma. Ddylswn i ddim gwneud hyn ond . . .'

'Tyrd yn dy flaen, ddaw neb i wybod,' meddai Dafydd, gan deimlo am ryw reswm fod angen iddo wneud hyn, a gwelodd y postmon yn edrych yn bryderus ar ei oriawr. 'Wimbledon sy'n chwarae yn eu herbyn nhw heno, yndê, ac maen nhw angen ennill i aros yn yr uwch-gynghrair.'

Trodd Gwil 'nôl at y fan goch, agor drws y gyrrwr a gweiddi dros ei ysgwydd: 'Dim gair am hyn wrth neb, cofia, a diolch yn fawr iti; mi bryna i beint i chdi y tro nesa wela i di yn y dre. Rydan ni'n dal i fynd i'r Llew Coch bob nos Sul, neu nos Sadwrn os ydi'r gêm yn ddigon agos.'

Rhoddodd Gwil bentwr o lythyrau â chyfeiriad Tyddyn Isaf arnynt i Dafydd, wedi'u dal gyda'i gilydd â band elastig. Roedd llythyr yno hefyd â marc post Cymdeithas y Garddwyr arno a'r enw Mrs G. Morse mewn llythrennau bras, ynghyd â pharsel eithaf trwchus, maint tudalen bapur A4. Ar gefn y parsel roedd sêl goch y Llynges, yn union fel roedd Ifan wedi'i ddisgrifio. Trodd y postmon ar ei sawdl, ac roedd yn y fan yn gyrru 'nôl ar ras tuag at y ffordd cyn i Dafydd gael cyfle i ailfeddwl.

Gwyddai Dafydd y gallai fynd i drwbl am hyn, ond roedd ei chwilfrydedd yn drech nag ef. Aeth i'w gar, gosododd y pentwr llythyrau ar y sedd flaen, a gyrru'n araf i lawr i fferm Tyddyn Isaf gan barcio ar y buarth. Gwelodd beiriant gyriant pedair olwyn tad Ifan o flaen y ffermdy a cherddodd yn araf tuag ato gan adael y llythyrau ar y sedd, cyn dychwelyd yn gyflym i'w gar ei hun a gyrru oddi yno. Roedd gwaith meddwl ganddo beth i'w wneud nesaf; gwyddai ym mêr ei esgyrn bod stori fawr yn ei ddwylo ond nid wyddai sut i roi trefn arni na beth i'w wneud nesaf.

Penderfynodd ddychwelyd i'r swyddfa a gofyn am gyngor Emyr Hughes, hen ohebydd profiadol a fu'n gymorth mawr iddo. Wrth yrru 'nôl i'r Drenewydd syllai'n galed ar y parsel ar y sedd wrth ei ochr bob hyn a hyn. Ai oherwydd cynnwys parsel tebyg y cafodd Gladys Morse ei lladd, tybed? Aeth rhybudd Ifan iddo aros wrth ei gar a pheidio â symud cam oddi yno yn angof llwyr.

Trwbl

Roedd Ifan mewn trwbl, ac yn teimlo'n flin gyda'i ffrind gorau. Er ei fod wedi addo i'r Inspector y byddai'r gohebydd yn aros i gael ei holi, pan aeth draw i nôl Dafydd nid oedd golwg o'i gar hyd yn oed.

'PC Llewelyn,' meddai'r uwch-swyddog, gan bwysleisio'r ddwy lythyren, wrth i weddill yr heddweision oedi wrth eu tasgau i glustfeinio ar Ifan yn ceisio'i amddiffyn ei hun ar fuarth Mrs Morse. Hen blismon oedd wedi chwerwi ers blynyddoedd, ar ôl sylweddoli nad oedd yn mynd i godi'n uwch yn rhengoedd yr heddlu, oedd yr Inspector. Roedd yn gas ganddo'r to ifanc, gyda'u graddau prifysgol, oedd yn cael eu recriwtio y dyddiau hyn ac yn cael eu gwthio am swyddi o'i flaen ef a'i debyg.

'PC Llewelyn, 'dach chi'n ceisio dweud wrtha i eich bod wedi gweld gŵr yn ymddwyn yn amheus ger safle trosedd ddifrifol – llofruddiaeth, yn wir – ac i chi 'i adael o heb ei holi, a rŵan mae o wedi diflannu'n gyfan gwbl? Ydach chi wedi anghofio popeth ddysgwyd i chi yn yr Ysgol Hyfforddi yn Hendon? Mae pob ffŵl yn gwybod yn iawn fod nifer fawr o lofruddion yn dychwelyd i safle'r drosedd, fwy nag unwaith hyd yn oed, a rhai ohonyn nhw'n ceisio gwneud ffyliaid o'r heddlu. A hefo pobl fel chdi,' meddai'n wawdlyd, 'tydi hynny ddim yn anodd!'

'Ond syr, mae Dafydd yn hen ffrind ac yn ohebydd lleol oedd wedi dod yma ar ôl derbyn galwad . . .'

'Llewelyn, yn y swydd hon does gynnon ni ddim ffrindiau, dallt? Mae pawb un ai'n *suspect* neu'n rhywun hefo gwybodaeth. Well i ti sylweddoli hynna rŵan neu waeth i ti adael y swydd fory nesa. Reit, lle mae'r *suspect* yma wedi mynd a beth oedd o'n da yma yn y lle cyntaf?'

'Gohebydd lleol o'r enw Dafydd Smith ydi o; roedd o ar lyfrau Arsenal am gyfnod, ond mae'n byw gartref gyda'i fam rŵan. Roedd wedi derbyn galwad ddi-enw yn ei rybuddio fod rhywbeth wedi digwydd yma, a dyna pam roedd o yn y cae acw. Mae'n adnabod y lle'n dda achos roeddan ni'n arfer chwarae yma yn blant, ac yn galw i weld Mrs Morse yn aml.'

'Beth? Ti'n deud wrtha i fod y dyn yma'n adnabod y wraig sydd wedi'i llofruddio? Mi ddylsat wybod, hefo dy radd prifysgol, fod y rhan fwyaf o'r rhai a lofruddir yn adnabod eu lladdwyr. Elfennol, Llewelyn – ddylsat ti byth fod wedi gadael y gŵr yma o d'olwg. A hwnnw'n ddyn yn ei oed a'i amser yn byw adra, hefo'i fam . . . amheus dros ben.'

'Ond syr, gyda phob parch, rydw innau'n byw gartref ac roeddwn innau hefyd yn adnabod Mrs Morse . . .'

'Paid byth â thorri ar fy nhraws i eto, Llywelyn – wyt ti'n deall? A heblaw'r ffaith fod gen ti alibi i brofi dy fod ar ddyletswydd bore ddoe yn Llanidloes, yna mi faset tithau dan amheuaeth hefyd. A does gen i ddim diddordeb yn ble ti'n dewis byw.'

Trodd at weddill y swyddogion a dweud, 'Reit. Ar hyn o bryd, y Dafydd Smith yma ydi'r gŵr rydan ni eisiau'i holi ynglŷn â'r llofruddiaeth. Chi'ch dau, ewch i'w gartref ac i'w swyddfa. Peidiwch â meiddio dod 'nôl nes y byddwch wedi cael gafael ynddo fo. Chi'ch dau, ewch ag un o'r arbenigwyr fforensig draw i ben y bryncyn acw i weld beth allwch chi gael gafael arno.'

Trodd 'nôl at Ifan. 'A chdi, Llewelyn. Dwi ddim eisiau dy weld yn agos i'r achos 'ma eto; dwyt ti ddim i chwarae unrhyw ran o gwbl yn yr ymchwiliad – deall? Rwyt ti wedi gwneud digon o lanast yn barod. Mi ga i air yn y swyddfa i wneud yn siŵr mai ar ddyletswydd traffig yn Siberia fyddi di o hyn allan.'

Gwenu wnaeth rhai o'r swyddogion eraill wrth ddeall y byddai Ifan yn gorfod gofalu am yr ardal unig o gwmpas coedwig Hafren, ardal a elwid ganddynt yn Siberia, gan ei bod mor bell o bobman.

'Gwell i chi fynd adra, PC Llewelyn.' Gwelodd Ifan yn edrych arno mewn penbleth a gwenodd yn sarrug. 'Bydd angen ymchwiliad llawn i'ch ymddygiad heddiw. A than hynny rydach chi, am y mis nesaf o leiaf, ar y shifft nos.'

*　　　　*　　　　*

Ar yr un pryd ag yr oedd Ifan yn cael ei dynnu'n rhacs ar y buarth, roedd y Lladdwr yn gyrru'n bwyllog tuag at y Drenewydd. Nid oedd am dynnu unrhyw sylw tuag ato'i hun. Roedd siaced ei siwt lwyd rad yn hongian ar beg tu ôl i sedd y gyrrwr, crys a thei di-nod amdano a briffcês sgwâr du wrth ei ochr. Edrychai fel gwerthwr teithiol – gwisgai sbectol ffrâm fetel ac roedd wedi lliwio'i wallt yn frown y noson cynt.

Roedd y cyfarwyddyd a gawsai gan y Cyrnol yn glir, ac roedd yn falch fod ei gyn-bennaeth yn gweithio ar yr achos. Rhaid oedd dod o hyd i'r ail becyn, a chredai'n gryf iddo gael ei bostio y diwrnod cynt. Yr unig obaith oedd ei fod wedi cael ei gyfeirio at y fodryb yma, ac y gallai rwystro'r postmon cyn iddo fynd i'r tŷ. Ond roedd yr heol yn brysur â lorïau a thractorau, ac ar ben hynny roedd ddamwain car wedi achosi iddo golli dwy awr. Rhegodd eto y toriadau i MI5 oedd yn golygu nad oedd digon o swyddogion cudd ar gael.

Diolchodd nad oedd yn gyrru'n rhy gyflym pan sgrialodd car llwyd heibio iddo, a'r gyrrwr yn talu mwy o sylw i radio'r car nag i'r ffordd. Aeth ar ei union i'r Swyddfa Bost a thynnu cerdyn adnabod o'i boced oedd yn dangos ei fod yn aelod o'r gwasanaethau cudd. Er bod hynny'n wir, cerdyn ffug oedd hwn – prin iawn y defnyddiai ei gerdyn swyddogol. Penderfynodd adael ei lawddryll dan sedd y car am y tro.

*   *   *

Gyrrodd Dafydd ar ras heibio Swyddfa'r Bost gan fodio'r parsel brown ag un llaw tra oedd yn ceisio cadw car ei fam rhag taro'r ceir oedd ar y ffordd gyda'r llall. Parciodd y tu ôl i swyddfeydd y papur ym maes parcio'r siop ddillad a chodi llaw ar y perchennog; gwenodd honno arno. Roedd y crys Arsenal a roddodd yn anrheg iddi wedi talu ar ei ganfed yn barod.

Llamodd i fyny'r grisiau gyda'r parsel yn ei law ac roedd ei feddwl yn chwyrlïo. Teimlai fel gohebydd go iawn am y tro cyntaf, ac nid oedd erioed wedi teimlo mor hapus yn cyrraedd y swyddfa. Diflannodd y teimlad ar unwaith wrth i bawb syllu arno pan agorodd ddrws y swyddfa. Gwyddai eu bod wedi bod yn siarad amdano.

'Dafydd, lle rydach chi wedi bod? Tydi ymddygiad fel

hyn ddim yn dderbyniol yn y papur yma, mae gynnon ni newyddiadurwyr *code of ethics* wyddoch chi,' gwaeddodd y golygydd cyn iddo gael cyfle i gau'r drws. Roedd Dafydd mewn penbleth lwyr. Sut y gwyddai'r rhain mor sydyn am ei gyfarfod gydag Ifan, ac am y pecyn a orweddai'n llipa yn ei law?

'Well i chi ddod i mewn i fy swyddfa ac egluro'ch ymddygiad. Rydach chi wedi ypsetio Tara druan – dwyn stori oddi arni a hithau wedi gweithio mor galed i greu cysylltiadau a ffynonellau amhrisiadwy, er nad ydi hi'n ferch leol hyd yn oed.'

Sylweddolodd Dafydd mai am rywbeth arall yr oedden nhw'n sôn, yn hytrach nag am gymryd y pecyn oddi ar y postmon, a gwthiodd hwnnw ar ei ddesg yn ddidaro o olwg pawb. Gwelodd Emyr Hughes yn edrych arno gan wenu a sibrwd, 'paid poeni, wela i di wedyn', ac roedd yn falch o'r arwydd yna o gefnogaeth gan fod Phil yn ysgwyd ei ben a Mark yn cadw'i ben i lawr.

Caeodd y drws tu ôl iddo a wynebu'r golygydd oedd yn sefyll o flaen ei ddesg. Safai Tara wrth ei ochr yn dal hances wrth ei llygaid, er eu bod yn gwbl sych a'i cholur heb ddifetha o gwbl.

'A beth sy gennych chi i'w ddweud am eich ymddygiad y bore 'ma, Dafydd? Rydan ni'n gwybod yn iawn beth wnaethoch chi, ond well i ni gael clywed eich ochr chi o'r stori.'

Cliriodd Dafydd ei lwnc. 'Dwi ddim yn siŵr am beth rydych chi'n sôn, Peter. Mi fues i yma'r bore 'ma ac yna allan yn chwilio am stori fel rydych yn dweud wrtha i am wneud bob diwrnod,' meddai gan benderfynu nad oedd am wirfoddoli unrhyw ddarn o wybodaeth.

Daliodd Peter y darn papur gyda'r nodiadau a wnaeth Dafydd o'r alwad ddi-enw o'i flaen gan ei ysgwyd.

'Mae hwn yn profi i chi dderbyn galwad y bore 'ma pan roedd pawb arall allan yn gweithio – galwad oedd wedi'i bwriadu ar gyfer Miss Townsend – ac i chi fynd allan i ddilyn y stori eich hun.'

Gwelodd Dafydd ei gyfle. 'Ond dyna pam y gwnes i ysgrifennu'r nodiadau a'u gadael ar ddesg Tara, er mwyn iddi gael y neges. Roeddwn i'n poeni y gallai'r stori fod wedi llithro allan o'n gafael, a dyna pam y gwnes i fynd yno ar fy union. Coblyn o stori dda ydi hi, hefyd, ac mi wnaiff les mawr i'r papur,' cynigiodd yn obeithiol.

Oedodd Peter am eiliad ac roedd i weld rhwng dau feddwl, ond sylweddolodd Tara hynny hefyd a chododd ei hances at ei llygaid eto gan wneud sŵn crio, a dweud yn herciog: 'Ond ar ôl fy holl waith caled i! Dwi 'di dod yma a rhoi blynyddoedd o waith a phrofiad yng nghefn gwlad fel hyn a dyma'r diolch dwi'n ei gael. Waeth imi adael ar fy union os mai fel hyn dwi'n cael fy nhrin.'

Taflodd Peter edrychiad ofnus arni a rhoi ei fraich am ei hysgwyddau gan ei thynnu'n nes.

'Paid â phoeni dim, Tara fach, dy stori di fydd hon. Dwi ddim yn coelio'r un gair rydach chi'n ei ddweud wrtha i, Dafydd. Dylsech fod wedi aros yma i roi'r manylion i Tara ei hun. Fel mae hi, rydach chi wedi difetha'r stori a thorri calon ein prif ohebydd. Does dim dewis gen i ond eich gwahardd o'ch gwaith am bythefnos tra dwi'n siarad gyda'r perchennog ac yn ystyried y cam nesaf. Yn y cyfamser rhaid i chi roi eich nodiadau i gyd i Tara, ac unrhyw *leads* sydd ganddoch ynglŷn â'r stori hefyd.'

Er ei fod yn casáu gweithio yno roedd Dafydd wedi'i synnu gan yr ymateb ffyrnig a chododd ei wrychyn.

'Dyma fy llyfr nodiadau. Fel y gwelwch, mae'n wag, ac nid diffyg *short-hand* ydi hynna chwaith, achos yr unig beth alla i ddweud wrthych ydi fod car yr heddlu yn rhwystro neb rhag mynd at yr hen ffermdy trwy'r bore. A peidiwch â phoeni, mae bron i wythnos gron gyfan gennych i ddod o hyd i weddill y ffeithiau.'

Trodd ar ei sawdl gan fynd allan o'r swyddfa ac yna cerdded drwy ystafell y gohebwyr gan roi clep i'r drws. Ond roedd yn ei ôl ymhen ychydig eiliadau i gipio'r parsel brown oddi ar y ddesg. Roedd Tara a'r golygydd yn dal yn y swyddfa, ond pan welodd Phil Williams ef yn codi'r pecyn oddi ar ei ddesg cofiodd fod ganddo neges iddo.

'Dafydd, bron i fi anghofio; mae Emyr yn dweud ei fod yn disgwyl amdanat draw yng nghaffi'r Wylan.'

Diolchodd Dafydd iddo wrth daflu'i fag dros ei ysgwydd cyn mynd allan o'r swyddfa a chau'r drws yn ofalus ar ei ôl.

*　　　　　*　　　　　*

Er iddo gael help Dafydd i fynd â'r llythyrau, roedd Gwil Postmon wedi colli'r lifft i'r gêm yn Llundain. Ond ar y funud honno, nid dyna oedd yn ei boeni fwyaf. O'i flaen safai dyn byr, llydan gyda llygaid oedd wedi llwyddo i'w hoelio i'r unfan. Dangosodd ei gerdyn adnabod i Gwil, ei rybuddio am yr *Official Secrets Act*, a dweud wrtho ei fod o fewn trwch blewyn i gael ei daflu i'r carchar am fisoedd.

'Ydi'r enw Sarah Tisdall yn golygu unrhyw beth iti? Fe gafodd hi chwe mis o garchar am lungopïo dogfen a'i rhoi i'r wasg – a nawr rwyt ti'n rhoi pecyn cyfan o ddogfennau yn nwylo gohebydd papur newydd! Rwyt ti mewn trwbl mawr, 'y ngwas i, a fi yw'r unig un all dy helpu.'

Teimlai Gwil ei goesau'n gwegian. Yn ugain oed roedd meddwl am garchar yn codi ofn arno. Yna newidiodd tôn llais y dyn.

'Shgwl, Cymro odw i fel ti a wy'n meddwl y galla i dy helpu di achos, yn amlwg, dwyt ti ddim wedi gwneud dim o'i le'n fwriadol. Wedi cael dy dwyllo wyt ti, ondife?'

Nodiodd Gwil ei ben yn ffyrnig. Gwelodd fod y dyn wedi tynnu darn o bapur swyddogol yr olwg o'i boced.

'Nawr, y cyfan sy'n rhaid i ti wneud yw arwyddo hwn ac addo peidio dweud yr un gair wrth neb arall am hyn. Dim gair o gwbl, neu fydd dim y galla i na neb ei wneud i dy helpu, dim hyd yn oed Duw. Dyma'r *Official Secrets Act*, a chyn belled â dy fod di'n cadw'n dawel yna does dim rhaid i ti boeni am ddim. Ond cadwa dy geg ar gau.'

Arwyddodd Gwil y papur â llaw grynedig a cheisiodd ddweud diolch, ond roedd ei geg wedi hen sychu a'i dafod yn lwmpyn yn ei geg.

'Nawr 'te, dim ond i gadarnhau, fe wnaeth y gohebydd papur newydd, Dafydd Smith, sy'n gweithio i'r *Mid Wales Herald*, fynd â'r parsel oddi arnot ti am ddeg o'r gloch y bore 'ma. Ac mae'u swyddfa nhw ar y sgwâr yma, on'd yw hi?' Nodiodd Gwil ei ben eto.

'Dyna ni, 'te, fe gaf i hyd iddo fe – bachgen ifanc tuag un ar hugain oed yw e, ondife? Gobeithio na fydd e'n ddim problem chwaith, os yw e'n gwybod beth sy ore iddo fe.'

Cododd y darn papur yn fygythiol yn ei law. 'A chofia, dim gair wrth neb neu fe fyddi di yn y carchar cyn i ti gael cyfle i droi.'

Trodd a cherdded tuag at ei gar gan adael Gwil yn swp chwyslyd, ofnus. Aeth adref ar ei union a chloi'r drws, gan aros yno am dridiau.

Y Parsel

A'i wyneb yn llosgi, aeth Ifan draw at ei gar gan osgoi dal llygaid gweddill yr heddweision oedd wrthi'n brysur yn chwilio am gliwiau. Yr achos mwyaf yn yr ardal ers blynyddoedd, a dwi ddim yn gallu bod yn rhan ohono, meddyliodd yn chwerw.

Trodd ei gar at y ffordd fawr, a heb feddwl eilwaith aeth am adref. Penderfynodd na fyddai'n dweud dim am yr hyn ddigwyddodd wrth ei rieni, er bod ei fam yn sefyll ar y buarth fel petai'n disgwyl amdano.

'Dim ond newydd ei golli o rwyt ti, Ifan; rhyfedd na welist ti mohono – a rhyfeddach fyth nad arhosodd o am sgwrs. 'Dach chi heb ffraeo, naddo?' gofynnodd yn bryderus.

'Am bwy rydach chi'n sôn, Mam? Dwi ddim yn gallu darllen eich meddwl chi, wyddoch chi,' atebodd Ifan yn flin, a'i feddwl ar chwâl yn llwyr.

'Wel, Dafydd, wrth gwrs. Fe ddaeth o draw yma tua chwarter awr yn ôl erbyn hyn, mae'n siŵr, a rhaid ei fod wedi cwrdd â'r postmon achos fe adawodd y llythyrau ar y sedd yng nghar dy dad. Dwi wedi clywed tipyn o sŵn traffic o gwmpas tŷ Mrs Morse bore 'ma. Be sy'n mynd ymlaen yno – ydi hi'n wael neu rywbeth? A pam wyt ti adre mor gynnar – dwyt ti ddim yn sâl, nagwyt?'

'Na, tydan ni heb ffraeo. Prysur mae o, siŵr o fod, a fynta'n chwilio am stori. A na, dwi ddim yn sâl, dim ond wedi newid fy mhatrwm gwaith – un o'r problemau o fod yn ifanc ac yn newydd yn y swydd,' meddai gan geisio swnio'n ddidaro. Mi soniai rywbryd wrth ei fam am yr hyn oedd wedi digwydd i'w cymydog, ond dim ond ar ôl iddo fynd i chwilio am Dafydd. Wedi'r cyfan, doedd o ddim yn gweithio ac allai neb ei rwystro rhag mynd i'r dref, er nad oedd yn rhan o'r ymchwiliad.

'Beth am baned sydyn, Mam, tra dwi'n newid o'r hen iwnifform 'ma? Bydd raid i fi bicio i'r dre wedyn.'

*   *   *

Nid oedd neb arall ond y ddwy weinyddes yng nghaffi'r Wylan lle roedd yr hen ohebydd Emyr Hughes a Dafydd yn swatio yn y gornel. Roedd Dafydd newydd orffen dweud wrth Emyr beth oedd wedi digwydd y bore hwnnw, ac roedd angen cyngor arno. Penderfynodd beidio ag enwi Ifan rhag ofn.

'Yr unig beth ddyweda i ydi hyn, Dafydd. Anaml iawn rwyt ti'n dod ar draws stori wirioneddol dda, efallai mond unwaith trwy gydol dy yrfa.'

Defnyddiodd Emyr ei law dde i geisio cadw'r mymryn gwallt brith oedd ar ôl ganddo yn ei le. Gwisgai grys a thei glas a hen siaced frethyn amdano, un â'i phocedi'n flêr ar ôl blynyddoedd o gario poteli diod ynddynt. Bu'n gweithio ar bapurau cenedlaethol am gyfnod, ond bellach roedd ei ymddygiad od a'i hoffter o yfed yn golygu mai ar bapur lleol yng nghanolbarth Cymru y byddai'n gorffen ei yrfa.

'Ond os wyt ti'n ohebydd gwerth dy halen, dwyt ti ddim yn gadael iddi fynd o gwbl ac rwyt ti'n manteisio ar y cyfle. Mae'n swnio'n stori ddigon rhyfedd; hen ddynes a'i chi wedi'u llofruddio mewn tŷ diarffordd. Dim byd wedi'i ddwyn ar yr olwg gyntaf ond yr heddlu'n credu'n gryf fod rhywun wedi bod yn chwilio am rywbeth.

'A dyma becyn tebyg iawn iawn i'r un oedd ar lawr cegin yr hen ddynes yn dod i'r golwg y diwrnod wedyn ac, o beth wela i, stamp swyddogol y Llynges arno fo. Tybed beth ydi'r cynnwys . . .'

Torrodd Dafydd ar ei draws yn gynhyrfus. 'Emyr, dwi newydd gofio rhywbeth sydd wedi bod yn fy mhoeni trwy'r dydd. Mi glywais ar y radio bore 'ma fod Cymro oedd yn aelod o'r Llynges wedi marw mewn damwain yn Llundain ddoe. Roedd y dyn hwnnw'n dod yn wreiddiol o ardal y Drenewydd.' Oedodd am eiliad i gyffwrdd y pecyn oedd ar y bwrdd rhyngddynt.

'Roedd gan Gladys Morse nai oedd yn y Llynges, dwi'n ei gofio'n dod i ymweld â hi pan oeddan ni'n blant. Mae'n debyg iddi hi gael ei lladd bore ddoe hefyd; coblyn o gyd-ddigwyddiad, ti ddim yn meddwl?'

Syllodd Emyr yn hir cyn ateb. 'Efallai'n wir, Dafydd, er nad wyt ti'n gwybod hynny i sicrwydd eto wrth gwrs. Eto, rhaid cyfaddef ei fod yn swnio felly, yntydi? Mi fasai hynny'n newid popeth yn gyfan gwbl, cofia. Gan fod un, efallai dau, berson wedi marw oherwydd hyn, dwi'n meddwl fod well i ti fynd â'r pecyn yna ar unwaith i'r heddlu. Dyna'r lle mwyaf diogel iddo fod.' Nid oedd llais Emyr yn argyhoeddi Dafydd. 'Mae'r stori'n dal gen ti, cofia, er y bydd yn anodd ei chyhoeddi os ydi'r golygydd am fod mor benstiff â hynna. Paid anghofio chwaith fod y perchennog ar dy ochr di. Defnyddia fo.' Cymerodd gegaid o'i de. 'Wyt ti wedi ystyried agor y pecyn o gwbl cyn mynd â fo at yr heddlu? Wedi'r cyfan, tydyn nhw ddim yn gwybod fod sêl swyddogol arno fo, nac ydyn?'

Gwyddai Emyr wrth i Dafydd edrych ar y pecyn ei fod wedi bod yn meddwl am hynny'n barod.

* * *

Cerddodd y Lladdwr i swyddfa'r *Herald* ac edrych o'i amgylch yn ofalus. Byddai'n rhaid iddo droedio'n fwy gofalus yma na gyda'r postmon. Wrth lwc, dim ond un person oedd yno. Tynnodd gerdyn adnabod ffug arall o'i boced a'i ddal yn ei law agored.

'Steve Tunstall ydi fy enw i ac rydw i'n gweithio fel ymchwilydd i gwmni yswiriant Carsafe. Dwi'n chwilio am Dafydd Smith, os gwelwch chi'n dda – dwi'n deall ei fod yn gweithio yma. Mae'n fater cyfrinachol ac o'r pwys mwyaf fy mod yn cael gair gydag e ar unwaith.'

'Rydach chi newydd 'i golli fo, mi adawodd y swyddfa tua deg munud yn ôl neu lai. Ydi o mewn trwbwl? Beth mae o wedi'i wneud?' Phil Williams oedd yr unig ohebydd yno ar y pryd, ac edrychai'n chwilfrydig ar y gŵr dieithr oedd yn holi am Dafydd.

'Na, dim byd felly, dim ond ein bod yn credu bod ganddo wybodaeth hanfodol ar gyfer ymchwiliad i ddamwain car, ond bod hon yn ddamwain allai olygu taliad mawr o arian. Oes syniad gyda chi ble galla i gael gafael arno fe, neu adawodd e unrhyw fath o neges?'

'Naddo, ond mi alla i roi ei gyfeiriad cartref o i chi,' atebodd Phil, yn dal i geisio taclo rhagolygon y sêr ar gyfer yr wythnos ganlynol. Ysgrifennodd y cyfeiriad ar bapur a'i estyn i'r dieithryn yn y siwt lwyd.

'Diolch yn fawr iawn, rwy'n gwerthfawrogi eich help yn fawr,' meddai Abel Morgan cyn gofyn yn ddidaro,

'Gyda llaw, oedd ganddo fe unrhyw beth gydag e, bag neu rywbeth fel'na, neu amlen hyd yn oed?'

Cododd Phil ei ben eto o'i lyfr nodiadau. 'Oedd, rhyfedd i chi sôn, mi roedd 'na barsel brown ganddo fo, fe fuodd bron â'i anghofio ond fe ddaeth 'nôl i'w gasglu cyn gadael. Dwi heb ei weld ers hynny. Ond, arhoswch eiliad, dwi newydd gofio . . .'

Er bod y drws wedi hanner cau, a'r Lladdwr wedi dechrau camu trwyddo, trodd yn ei ôl gan wthio'r drws ar agor gyda gwên barod.

'Mae'n ddrwg gen i, ro'n i wedi anghofio,' meddai Phil. 'Mae Dafydd wedi mynd i gwrdd â gohebydd arall, Emyr Hughes, yng nghaffi'r Wylan ar y sgwâr. Does ond rhyw chwarter awr neu lai ers iddo adael.'

Caeodd y drws yn glep ac roedd y Lladdwr yn llamu i lawr y grisiau fesul pedair gris. Roedd yn closio at ei brae ac yn siŵr ei fod ar fin ei ddal.

*   *   *

Rhwygodd Dafydd yr amlen yn agored yn ddestlus gyda chymorth cyllell fenyn oedd ar y bwrdd. Yna tynnodd bentwr o bapurau ohoni, a gwelodd yn syth farc y Weinyddiaeth Amddiffyn a'r gair *Secret* mewn inc coch. Rhannodd y pecyn yn ei hanner ac edrych yn frysiog trwy'r dogfennau cyn dechrau darllen. Sylwodd ar enw a dyddiad, a darllenodd trwyddi'n gyflym.

'Mae'r ddogfen hon yn sôn am suddo llong ryfel Ariannin, y *Belgrano,* adeg rhyfel y Falklands, ac yn dangos fod y Prif Weinidog wedi gorchymyn ei suddo er bod ei chynghorwyr milwrol wedi rhybuddio ei bod yn torri'r canllawiau. Maent hefyd yn dangos nad oedd y llong yn fygythiad a'i bod ar ei ffordd o'r ardal, ond bod Thatcher wedi dweud yn blwmp ac yn blaen fod yn rhaid ei suddo.'

Edrychodd ar Emyr oedd yn syllu'n gegrwth ar y pentwr dogfennau.

'Does dim rhyfedd fod y rhain mor werthfawr. Mi allen nhw godi nyth cacwn na welwyd mo'i debyg erioed o'r blaen os ydi'r gweddill unrhyw beth tebyg. Mae angen i ti wneud copi o'r rhain.' Oedodd Emyr, gan edrych trwy'r ffenestr a rhwbio'i wallt unwaith eto.

'Mae'n rhy beryglus i ti fynd 'nôl i'r swyddfa, gan fod rhywun siŵr dduw o ofyn be sydd gen ti, hyd yn oed os wna i fynd â nhw. Beth am i ti fynd i'r llyfrgell? Mi gei di lonydd yno i'w darllen a'u copïo cyn eu rhoi i'r heddlu. Mi wna i roi galwad i hen ffrindiau sydd â chysylltiadau da yn y gwasanaethau cudd i weld beth maen nhw'n feddwl. Gwell i mi wneud hynny gartre, dwi'n meddwl. Mae'r rhain yn werthfawr iawn – yn beryglus o werthfawr – a 'sai'n well i ni droedio'n ofalus. Tyrd â thudalen neu ddwy i mi fel bod gen i ychydig o ffeithiau wrth law pan dwi'n ffonio – a gobeithio y gallan nhw roi cyngor i mi.'

Rhoddodd Emyr dair tudalen 'nôl yn yr amlen frown tra bod Dafydd yn llwytho'r gweddill i'w fag chwaraeon.

'Gall hon fod yn goblyn o stori,' meddai Dafydd, gan wenu a dechrau meddwl am y penawdau – ac nid yn yr *Herald* yn unig chwaith.

'Dwi'n cytuno – llongyfarchiadau i ti am ddod o hyd iddi – ond rhaid i ni fod yn ofalus a pheidio cymryd dim yn ganiataol. Paid ymddiried yn neb, cofia. Galwa acw ar ôl i ti orffen copïo'r dogfennau a cheisia ddarllen cymaint ohonyn nhw ag y medri di. Mi ga i lifft 'nôl i'r dref wedyn yn syth a dwi'n meddwl y byddai'n well i ni fynd i gael gair gyda'r golygydd, gwaetha'r modd. Wedyn mi gawn ni benderfynu be fydd y cam nesaf.'

Gyda hynny cododd Emyr o'i sedd gan daro'r parsel brown gyda'r tair tudalen ynddo dan ei gesail a gadael Dafydd yn y caffi yn gorffen ei baned. Ni welodd y dyn yn y siwt lwyd yn disgwyl amdano y tu allan.

*   *   *

Roedd y Lladdwr newydd ddod o hyd i'r caffi pan welodd ddyn oedd wedi hen foeli ond a geisiai guddio hynny gyda ambell flewyn hir, yn gwisgo dillad blêr, yn dod allan o'r drws. Ond y parsel brown dan ei fraich a dynnodd ei sylw. Gallai weld fod dyn arall – y Dafydd Smith yna mae'n debyg – yn dal yn y caffi, ond roedd yn rhaid penderfynu mewn eiliad beth i'w wneud. Taro am sgwrs at Dafydd, ynteu ddilyn y dyn oedd yn cario'r pecyn holl bwysig? Ar ei ôl o y penderfynodd fynd.

Fe'i dilynodd i faes parcio lle gwelodd ef yn dringo i mewn i gar coch hynafol. Wrth lwc, system draffig unffordd oedd yn y dref a byddai'n rhaid i'r dyn gyda'r parsel fynd heibio'r lle roedd Abel wedi parcio. Rhedodd 'nôl ac roedd yn barod amdano erbyn iddo ddod heibio, felly fe'i dilynodd allan o'r dref a draw am fwthyn bychan bedair milltir i ffwrdd.

*   *   *

Fel arfer roedd y llyfrgell dywyll yn wag, a'r unig ddwy oedd yn gweithio yno wrthi'n brysur yn siarad dros baned. Wnaeth yr un o'r ddwy droi ato wrth iddo gerdded heibio.

Aeth Dafydd at y peiriant pellaf o'r ddesg i gopïo a

dechreuodd ddarllen y dogfennau tra oedd y peiriant yn araf boethi. Er ei fod yn llwgu, anghofiodd bopeth am ei stumog wrth ddechrau deall arwyddocâd y dogfennau ac adnabod y cymeriadau oedd ynddynt. Roedd disgrifiad Emyr o'r cynnwys fel 'deinameit' yn llygad ei le.

Ysgrifennai nodiadau yn ei lyfr, ond roedd yn gorfod craffu gymaint oherwydd y golau isel nes codi cur pen arno. Roedd ei daid wedi'i rybuddio droeon y buasai'n colli'i olwg wrth wneud hynny. Ond gofalai natur y cynnwys nad oedd yn gwastraffu eiliad.

Rhannodd y dogfennau'n ddau bentwr taclus. Teimlai'r cymysgedd od yna eto o gyffro, chwilfrydedd a hapusrwydd. Ond yna daeth ar draws y ddogfen a newidiodd bopeth, ac roedd y dagrau poeth yn bygwth llifo i lawr ei wyneb am y tro cyntaf ers iddo glywed am farwolaeth ei dad.

*   *   *

Cyfaddefodd y Lladdwr yn fuan ei fod wedi gwneud camgymeriad gyda'r hen ŵr yma, gan gredu y buasai ei ddychryn yn ei orfodi i ildio'r dogfennau oedd yn ei feddiant. Llwyddo i'w styfnigo yn unig a wnaeth ar ôl iddo guro ar y drws.

'Peidiwch chi â meddwl am eiliad eich bod am gymryd y rhain oddi arna i. Does dim hawl gynnoch chi, er gwaetha'r cerdyn yna, ac os ydach chi *yn* aelod o'r gwasanaethau cudd go iawn yna lle mae eich cyd-weithiwr? Rydach chi bob amser yn gweithio mewn parau. Dwi'n gwybod hynny'n iawn,' meddai Emyr yn herfeiddiol. O gofio ei fod ar ei ben ei hun mewn tŷ filltiroedd o'r dref gyda dyn diarth, bygythiol yr olwg, teimlai'n rhyfeddol o ddewr.

'A beth bynnag, dwi wedi'u darllen nhw ac fe alla i 'u cyhoeddi nhw o 'nghof – ac mae copïau eraill ar gael hefyd,' meddai cyn brathu'i dafod. Rhy hwyr.

'Gan Dafydd Smith mae'r rheiny, siŵr o fod, ontefe?' meddai'r Lladdwr yn ddigyffro gan syllu i fyw llygaid Emyr, oedd bellach wedi eistedd wrth y bwrdd. Allai o ddim dal golwg y dieithryn gan y teimlai'n rhy euog.

'Efallai y gallwch chi ddweud wrtho i ble mae Dafydd a'r dogfennau 'ma, gan y bydd yn llawer haws i bawb yn y pen draw.' Edrych yn herfeiddiol unwaith eto wnaeth Emyr. Penderfynodd y Lladdwr fod yn rhaid iddo newid ei dacteg.

'Mae'n ddrwg 'da fi am y dryswch yma ac rwy'n poeni ein bod wedi camddeall ein gilydd – wedi'r cyfan, dim ond dilyn gorchmynion rydw i, ac wedi cael llond bol. Fe wnawn i unrhyw beth am ddiod fach nawr, er bod rhaid i fi aros fan hyn nes bydd yr awdurdodau'n cyrraedd. Ond fe wna i bopeth i'ch helpu, wrth gwrs.'

Edrychodd Emyr yn amheus arno, ond roedd yn falch o gael llonydd am ychydig. 'Wel . . . diolch. Mae gen i gwrw cartref yma neu whisgi o Iwerddon, neu *bourbon* o America. Beth gymrwch chi?'

'Yn anffodus dyw'r rheina ddim yn dygymod â'n stumog i ond, arhoswch funud, mae potel o fodca gorau Rwsia 'da fi, *Smirnoff Blue Label*. Cic fel asyn, wyddoch chi.' Cyn i Emyr gael cyfle i ddweud dim, cododd y Lladdwr i fynd i nôl y botel yr oedd wedi'i hail-lenwi y noson cynt.

Difaru

Ymhen llai nag awr roedd y pentwr o ddogfennau wedi'u llungopïo'n gyflawn ac yn gorwedd yn bentwr destlus wrth ochr Dafydd yn y llyfrgell dywyll. Rhoddodd un set gyflawn mewn bocs ar ben y rhes lyfrau ym mhen pella'r llyfrgell. Dyma ble'r oedd deunydd archif yr ardal yn cael ei gadw a doedd neb wedi bod trwyddynt ers blynyddoedd, yn ôl y llwch oedd arnynt. Dewisodd y bocs oedd yn cynnwys archif ysgol gynradd y dref o'r cyfnod cyn yr Ail Ryfel Byd. Roedd y dogfennau a gawsai gan y postmon yn llawer rhy werthfawr a pheryglus i'w cadw gyda'i gilydd. Credai'n gryf fod rhywrai wedi lladd eisoes i gael gafael arnynt, a thybiai y byddent yn fwy na pharod i wneud hynny eto.

Yna rhoddodd y dogfennau gwreiddiol mewn amlen fawr oedd yn ei rycsac las, amlen oedd yn cynnwys hen bapurau arholiad a gafodd yn y coleg lleol i baratoi ar gyfer ennill ei dystysgrif mewn newyddiaduraeth yn yr haf. Roedd am bostio'r dogfennau hyn i swyddfa'r heddlu cyn gynted â phosibl. Yn olaf cadwodd yr ail gopi yn ei fag hefyd, ond mewn ffolder arall lle cadwai'r straeon a ysgrifennodd ac a gafodd eu printio yn y papur. Truenus o denau oedd y ffolder hwnnw fel arfer. Bag bychan ydoedd ac roedd corneli'r ffolder i'w gweld yn glir.

Nawr roedd yn barod i adael. Roedd chwant bwyd arno o hyd ac felly aeth allan o'r llyfrgell drwy'r drws tân, gan wybod nad oedd y larwm yn gweithio oherwydd iddo ysgrifennu stori rhyw bythefnos ynghynt am doriadau'r cyngor a sut roeddent wedi effeithio ar y gwasanaeth llyfrgell.

Ger y maes parcio bychan roedd stryd gul a arweiniai at fecws henffasiwn a phiciodd yno i brynu dwy frechdan gaws a thomato a dwy gacen gwstard i'w rhannu gydag Emyr. Gobeithiai y byddai gan hwnnw rywbeth i'w yfed heblaw alcohol, gan fod tipyn o waith siarad ganddynt – a fflasg, gobeithio, gan y byddai'n rhaid iddynt fynd i swyddfa'r papur ar eu hunion. Nid oedd eiliad i'w gwastraffu ac roedd yn difaru na allai gysylltu gydag Ifan.

*   *   *

Eisteddai Ifan Llewelyn wrth ei ddesg yn ei hen ystafell wely yng nghartref ei rieni yn meddwl am yr holl oriau y treuliodd yno yn gwneud ei waith cartref a pharatoi ar gyfer arholiadau. Nosweithiau braf ym mis Mai a'r adolygu'n artaith pur. Yr adeg honno byddai'n genfigennus iawn o Dafydd, â'i draed yn rhydd yn Llundain. Nawr roedd yn gobeithio nad oedd hwnnw, na'i gamgymeriadau ef ei hun, wedi chwalu gyrfaoedd y ddau ohonynt cyn iddynt gael cyfle hyd yn oed i gychwyn yn iawn.

Canodd y ffôn i lawr y grisiau a chlywodd ei fam yn ateb. Eiliadau'n ddiweddarach roedd hi'n gweiddi arno i ddod i dderbyn yr alwad.

'Llewelyn,' llais yr Inspector ac, os oedd hynny'n bosibl, roedd yn swnio'n fwy blin hyd yn oed nag yn gynharach y bore hwnnw.

'Mae 'na ddatblygiadau pellach wedi bod yn yr achos yma a dwi'n meddwl fod yn well i chdi ddod draw er mwyn i chdi gael cyfle i amddiffyn dy hun. Mi fydd angen cyfreithiwr ar dy ffrind hefyd, hwnnw y gwnest ti 'i adael yn rhydd y bore 'ma.' Gyda hynny o rybudd aeth y ffôn yn farw yn ei law a theimlai Ifan ei obeithion yntau'n diflannu i'r tywyllwch hefyd.

Newidiodd Ifan yn ôl i'w lifrau'n frysiog ac roedd car patrôl yr heddlu ganddo o hyd, felly aeth iddo'n syth gan yrru ar ras wyllt i'r dref. Arafodd wrth gyrraedd cyrion y dref ac roedd ei feddwl yn rasio pymtheg y dwsin wrth geisio dyfalu beth oedd yn ei ddisgwyl. Yna gwelodd wyneb cyfarwydd – Dafydd, yn gyrru heibio yng nghar ei fam, gan gnoi cacen ac yn edrych fel petai ar ben y byd. Cododd ei law arno a chanu'r corn, ond yn amlwg roedd meddwl ei ffrind yn bell i ffwrdd.

Arafodd cyn stopio'n gyfan gwbl a dod i benderfyniad. Roedd ar ei ffordd i'r swyddfa, ond doedd neb yn ei ddisgwyl am hanner awr arall o leiaf. Os gallai gyrraedd yno gyda Dafydd i egluro popeth a ddigwyddodd, buasai hynny'n cryfhau ei sefyllfa gryn dipyn. A gallai gau ceg yr Inspector hefyd, meddyliodd, wrth droi trwyn y car i ddilyn Dafydd.

*   *   *

Gadawodd y Lladdwr y ffermdy'n ofalus gan lanhau unrhyw ôl a awgrymai iddo fod yno, gan dalu sylw arbennig i'r llawr a'r drysau. Cerddodd yn bwyllog trwy'r drws gan wybod mai'r person sy'n rhedeg sy'n tynnu sylw. Does neb yn sylwi ar y dyn sy'n cerdded yn hamddenol.

Ond wrth gerdded at ei gar trwy'r lôn yng nghysgod y coed trwchus, roedd ei feddwl yn troi fwyfwy at ddigwyddiadau'r dyddiau diwethaf, a'r rheswm tu ôl i hyn i gyd. Pam fod raid i dri o bobl – pedwar, o gofio am yr un yn Llundain yr oedd gorchymyn i'w ladd wedi'i ganiatáu – farw o achos pentwr o ddogfennau? Nid oedd syniad ganddo beth oedd yn y dogfennau hyn, dim mwy nag a fu am y rhesymau dros y catrawdau gorchmynion y bu'n ufuddhau iddynt ar hyd ei yrfa.

Teimlai'r haul yn gynnes ar ei gefn ond roedd ei du mewn yn oer fel iâ; teimlai wacter rhyfedd yn ei stumog, ac roedd ei fysedd yn oeri. Gwasgodd nhw'n beli i waelod pocedi ei siaced a theimlo briwsion bisgedi siocled y diwrnod cynt yno. Crymodd ei ysgwyddau'n reddfol. Ni theimlodd mor unig erioed o'r blaen.

Am gyfnod hir bu nifer o ffrindiau da ac agos ganddo, ffrindiau y byddai wedi marw drostynt, a nhw drosto yntau – ond nid heddiw. Yr adeg honno roedd pawb yn yr un gatrawd ac yn cefnogi'i gilydd. Roedd wedi'i hyfforddi i hedfan hofrenyddion, gyrru tanciau a siarad Rwsieg, Sbaeneg ac Almaeneg yn rhugl. Gallai raglennu cyfrifiaduron, neidio gyda pharasiwt o ddeng mil ar hugain o droedfeddi yng nghanol nos, a theithio'r byd ar fyr rybudd. Yr adeg honno roedd pob offer a chefnogaeth ar gael, a dim byd yn ormod o drafferth. Llifai'r arian fel dŵr. Roeddent yn arfer cellwair mai'r unig bobl oedd yn byw bywyd mor foethus oedd sêr pêl-droed neu'r byd roc.

Ond pan adawodd y fyddin ar ôl dros ugain mlynedd, diflannodd popeth ac fe'i cafodd ei hun fel pob dyn cyffredin arall, a neb yn fodlon rhoi swydd iddo heblaw am waith mewn bar, gweini neu lanhau hyd yn oed. Tri mis barodd o yn yr uffern a alwent yn *civvie street* cyn iddo fanteisio ar ei gysylltiadau a ffoi 'nôl i'r fyddin, ond i'r gwasanaeth cudd y tro hwn. Yr unig beth oedd ganddo i ddangos am ei fywyd oedd llond bocs o hen luniau du a gwyn a gadwai mewn hen fwthyn ger Rhosili, a dau lond bocs o ffeiliau trwchus yn y Weinyddiaeth Amddiffyn a fyddai dan glo am hanner can mlynedd ar ôl ei farwolaeth.

Bu bywyd yn fwy creulon wrth ei ffrindiau. Yfodd dau ohonynt, Adrian Burgess ac Alan Bore o Efrog, eu hunain i farwolaeth yn eu dinas enedigol a saethodd un arall, John Stillger, ei hun. Ni allai'r un ohonynt ymdopi â bywyd y tu allan i'r fyddin, ac nid oedd neb wedi eu paratoi ar gyfer y fath newid chwaith.

Diflannodd Bill Sheasby wedyn yn gyfan gwbl a dim ond Fred Truesdale ddihangodd yn llwyr i redeg tafarn i ddringwyr gyda'i wraig ar gyrion Glencoe. Ond cipiwyd ef gan y cancr roedd Abel yn amau iddo ei ddal gan y cemegyn *Agent Orange* tra oedd yn gwasanaethu gyda chatrawd SAS Awstralia yn Fietnam.

Bellach dim ond ef oedd ar ôl, ac roedd yn dal i dderbyn gorchmynion dynion di-enw mewn swyddfeydd moethus. Roedd yn sioc, ond un braf, i glywed llais y Cyrnol unwaith eto – hwnnw oedd yr unig berson roedd yn wirioneddol ymddiried ynddo. Dyna'i unig gysur wrth iddo anelu'r car 'nôl am y Drenewydd ac i'r llyfrgell i chwilio am y gohebydd ifanc. Gobeithiai na fyddai hwnnw mor ddewr â'r hen alcoholic o ohebydd yr oedd wedi'i adael yn y ffermdy.

Yna clywodd beiriant car yn agosáu i lawr y ffordd gul, a heb feddwl eilwaith neidiodd dros y clawdd gan graffu trwy'r brigau ar y car. Wrth i hwnnw ruthro heibio cafodd Abel gip ar wyneb y gyrrwr – y dyn ifanc oedd yng nghaffi'r Wylan yn gynharach. Rhaid mai hwn oedd Dafydd Smith.

Dechreuodd wneud ei ffordd yn gyflym yn ei gwman 'nôl tuag at yr hen ffermdy.

*   *   *

Yr un diwrnod roedd dau hen ffrind yn cyfarfod mewn tafarn ger Paddington. Roedd y Cyrnol wedi galw ar hen gyfaill iddo am wybodaeth am gyfnod Kilmarnock a Syr Humphrey yn adran wybodaeth y fyddin a'r gwasanaethau cudd. Teimlai'n gryf mai yno yr oedd dod o hyd i'r rheswm dros ddiddordeb amlwg y ddau yn y pecyn dogfennau yma.

Roedd y ddau'n adnabod y lle yn dda: tafarn fawr gyda nifer o bobl oedd un ai newydd gyrraedd neu ar fin gadael ar y trên nesaf yn mynd a dod drwy'r dydd. Gallai'r ddau guddio'n hawdd yn y dorf yno.

Archebodd y Cyrnol goffi a mynd i eistedd ger y sgrin fawr oedd yn dangos ailddarllediad o'r gêm uwch-gynghrair y noson gynt. Buasai'n amhosibl i neb glywed gair o'u sgwrs. Roedd ei gyfaill, John Dearman, yno – edrychai fel banciwr cefnog, gyda chopi o'r *Financial Times* yn agored o'i flaen. Nid oedd gwên yn agos i'w wyneb wrth iddo godi'n frysiog i ysgwyd llaw â'r Cyrnol.

'Wnes i ddim sylweddoli cymaint o nyth cacwn ydi'r busnes yma i gyd, a phe bawn i wedi gwybod hynny faswn i ddim wedi dechrau holi. Dwi'n gwybod fod arna i ddyled fawr i ti ond, ar ôl hyn, mae'r lechen yn lân, ti'n dallt? Mi allwn i golli'r cwbl os daw rhywun i wybod fy mod wedi bod yn holi am y rhain.'

Eisteddodd y Cyrnol yn araf gan osod ei gwpan ar y bwrdd yn tra oedd yn pwyso a mesur y geiriau'n ofalus. Roedd hwn yn amlwg yn nyth cacwn a hanner.

'Dwi'n dallt, ac yn gwerthfawrogi'n fawr bopeth ti'n ei wneud. Paid anghofio y bydd newid yn yr arweinyddiaeth yn fuan – ac nid y ffefryn sy'n ennill bob amser. Gwell i ti gychwyn. Be sydd gen ti i mi?'

Edrychodd John yn ofalus arno cyn dechrau siarad. 'Ti'n deall mai ychydig iawn o gofnodion sy'n bodoli ar y ddau, sy'n beth od. Ond o'r hyn wela i fe gafodd y ddau eu recriwtio gan MI5 pan oedden nhw'n dal ym Mhrifysgol Rhydychen. Dim byd od yn hynny, ond fe ymunodd y ddau â'r fyddin yn syth ar ôl graddio a threulio tair blynedd yr un yno; roedd y rhan fwyaf o'r amser o fewn adran *black ops* y fyddin, oedd yn gweithio'n bennaf yr adeg honno yng Ngogledd Iwerddon.

'Y si ydi fod y ddau yn gweithio i MI5 drwy gydol y cyfnod hwnnw, yn rhoi gwybod i'w meistri beth oedd y fyddin yn ei wneud ac yn ei gynllunio. Dim byd fel ffrindiau, nag oes?' Taflodd gipolwg nerfus o amgylch yr ystafell a phwyso'n nes.

'Mae'n debyg mai nhw oedd yn gyfrifol am yr ymgyrchoedd yna ar ddechrau'r saithdegau pan roedd Catholigion a Phrotestaniaid diniwed yn cael eu saethu'n farw ar y stryd, a hynny gan aelodau o'r fyddin. Roedden nhw hefyd yn rhan o'r grŵp eithafol yna oedd yn ceisio tanseilio llywodraeth Harold Wilson ac yn cynllwynio i'w orfodi i ymddiswyddo. Ond mae nifer o ffrindiau nerthol ganddyn nhw yn y gwasanaeth, a does fiw i neb geisio holi'n rhy fanwl am hynny.

'Ar ôl gadael y fyddin aeth un yn syth i'r gwasanaeth sifil ac MI6 tra aeth Kilmarnock yn wleidydd. Maen nhw wedi aros yn ffrindiau agos, ac mae eu dylanwad nhw'n fawr iawn, fel dwi wedi'i brofi wrth holi amdanynt. Rwyt ti'n sôn am ddau ddyn sy'n debygol iawn o fod yn Brif Weinidog a chyfarwyddwr MI6 yn fuan iawn. Dyn dewr iawn fasa'n ceisio atgyfodi unrhyw hen achosion allai eu rhwystro nhw rhag gwneud hyn.

'Mi wnaeth 'na ohebydd o Derry fynd i holi am eu cyfnod yng Ngogledd Iwerddon tua deng mlynedd yn ôl. Mae'n debyg fod straeon eu bod yn cydweithio gyda'r mudiadau teyrngarol, ac wedi cael eu gwarchod hyd yn oed rhag cael eu herlid. Os wyt ti'n cofio, cafodd nifer o weriniaethwyr amlwg eu llofruddio yn ystod y cyfnod hwnnw, a phobol yn amau'n gryf fod yr awdurdodau heb ymchwilio'n rhy galed i'r achosion.

'Fwy na hynny, dwi ddim yn gwybod. Ond fe gafwyd hyd i gorff y gohebydd yn ei gar un noson – mae'n debyg ei fod wedi lladd ei hun trwy gymryd tabledi a whisgi. Yn od iawn, roedd o'n llwyrymwrthodwr. Dull rhyfedd i rywun fel yna ladd ei hun, yntê?' meddai John Dearman, gan godi a tharo'i law yn ysgafn ar ysgwydd y llall cyn cerdded allan i ganol y stryd brysur heb air arall.

Eisteddodd y Cyrnol yno fel delw am rai munudau, ei lygaid fel hebog yn sgubo'r bar prysur ond ei feddwl yn edrych ar ffeithiau'r achos o bob ongl. Yn ôl ei arfer, ysgrifennodd y prif bwyntiau ar ddarn bach o bapur, er mwyn rhoi trefn arnynt. Roedd Ian Kilmarnock a Humphrey Watkins wedi bod yn gyfeillion agos ers cyfarfod yn y brifysgol ac wedi bod yn gweithio i'r gwasanaethau cudd o tua'r un cyfnod. Iddyn nhw roeddent yn atebol o'r cychwyn. Amheuai'n gryf eu bod yn rhan o'r grŵp eithafol yna yn y gwasanaethau a gredai mai nhw oedd gwir warchodwyr y wlad ac y byddent yn fodlon torri pob rheol i wireddu breuddwydion.

A'r cyfnod yng Ngogledd Iwerddon – hwnnw oedd yr un allweddol. Rhaid mai dogfennau o'r cyfnod hwnnw oedd ar goll a bod y ddau wedi gorfod ymyrryd yn bersonol yn yr achos. Gallai pwy bynnag oedd â'r dogfennau hynny yn ei feddiant gael dylanwad mawr yn Whitehall. Ond sut gallai'r Cyrnol gael gafael ar y dogfennau hynny heb godi amheuon Kilmarnock a Syr Humphrey? Roedd arno angen rhywun nad oedd yn atebol a heb unrhyw gysylltiad â'r gwasanaethau cudd. Yn ôl ei arfer fe gynheuodd fatsien ac fe losgodd ei nodiadau a gwylio'r papur bach yn llosgi'n ulw yn y blwch llwch ar y bwrdd bychan cyn gadael y dafarn.

Panig

Oherwydd ei ddant melys a'i chwant bwyd, roedd Dafydd eisoes wedi bwyta un o'r cacennau wrth yrru i gartref Emyr Hughes. Ceisiodd ysgwyd y briwsion melys oddi ar ei ddillad a dal i yrru. Ildiodd yn y diwedd i'r temtasiwn i fwyta'r ail gacen hefyd, gan ymresymu na fyddai Emyr yn ddim callach. Roedd y dogfennau yn ei fag, a hwnnw wrth ei ochr ar sedd teithiwr y car.

Parciodd ger y giât rydlyd goch oedd ar agor fel arfer a cherdded at y drws pren cyn curo. Edrychodd yn euog ar ei ddillad am unrhyw arwydd o'r cacennau. Wedi curo am y trydydd tro agorodd y drws a chamu dros y rhiniog.

'Emyr? Helô, oes 'ma bobol?' Roedd Dafydd yn hanner disgwyl clywed ateb arferol Emyr i'w gyfarchiad – 'Na, does 'na ddim!'

Distawrwydd yn unig wnaeth ei groesawu, a'r teimlad annifyr yna o leithder mewn tŷ heb wres canolog. Siwmper ychwanegol a sgarff oedd ateb Emyr i'r gaeaf bob blwyddyn; cadwai glamp o dân yn llosgi trwy'r misoedd tywyll a'i fwydo â choed wedi'u dwyn o'r goedwig a amgylchynai ei gartref.

'Dafydd sy 'ma, ac mae ganddon ni goblyn o stori fan hyn i'w thrafod, Emyr. Gawsoch chi unrhyw lwc efo'ch cysylltiadau yn y gwasanaethau cudd neu'r Senedd?'

Safodd Dafydd yn y gegin gan gymryd ychydig eiliadau i'w lygaid ymgynefino gyda'r golau gwan. Pan wnaethant gwelodd Emyr Hughes yn eistedd wrth y bwrdd gyda'i ben ar ei freichiau, a photel o fodca a label glas arni bron yn wag o'i flaen.

Sylwodd Dafydd ar nifer o fanylion yn gyflym iawn. Roedd yn dawel fel y bedd ym mhobman ac nid oedd unrhyw symudiad gan Emyr. Hyd y gwyddai Dafydd, nid oedd Emyr wedi yfed fodca yn ei fywyd, gan lynu'n ddeddfol at boteli o whisgi'r Alban neu Iwerddon. Roedd Dafydd wedi ceisio lawer gwaith i'w demtio gyda diod arall ond wnaeth o erioed lwyddo.

Rhoddodd ei law yn ofnus ar ysgwydd Emyr i'w ysgwyd, ond ni chafodd ymateb. Daliodd ei oriawr o flaen ei geg fel y gwelsai rhywun yn ei wneud mewn ffilm unwaith. Ni chymylodd gwydr yr oriawr. Teimlodd Dafydd ias ac roedd ei galon yn carlamu.

Sylweddolodd mai Emyr oedd y trydydd person i farw o'r rhai oedd wedi bod mewn cysylltiad â'r dogfennau, ac roedd dau gopi o'r rheiny yn ei fag ef y funud honno. Ni welai unrhyw arwydd o'r tudalennau roedd Emyr wedi mynd gydag ef. Teimlodd Dafydd banig yn crafangu yn ei wddf a gwyddai y dylai ffonio'r awdurdodau, ond roedd ar dân eisiau gadael y ffermdy anghysbell cyn gynted ag y gallai. Teimlai fel petai'r rhwyd yn cau amdano. Yna clywodd sŵn car yn nesáu a rhewodd yn ei unfan, ei feddwl yn drobwll gwallgo o feddyliau ond ei gorff yn ddiymadferth.

*   *   *

Prin roedd y Cyrnol wedi eistedd wrth ei ddesg 'nôl yn ei swyddfa na bod ei ffôn yn canu. Ei gyswllt a'i ffrind, John, oedd yno eto a'i wynt yn ei ddwrn.

'Dwi newydd ddod o hyd i rywbeth y dylset ti wybod

amdano. Mae'r cyrch mae'r ddau hen gyfaill Prifysgol,'
meddai gan gyfeirio at Kilmarnock a Syr Humphrey, 'yn
cadw golwg agos arno wedi'i gyfyngu i nifer fechan iawn
o bobl. Ond eto mae pobl yn siarad ac yn ymwybodol fod
rhywbeth yn digwydd, ac mae pethau wedi mynd yn flêr.

'Does fawr o gofnodion yn cael eu cadw, a'r si ydi eu
bod am ddefnyddio rhywun i gymryd y bai i gyd. Aberthu
gyrfa rhywun i achub eu crwyn eu hunain a rhoi ychydig
bellter rhyngddynt. Y si ydi mai rhywun mewn oed sydd â
record frith o beidio dilyn gorchmynion fydd hwnnw. Alla
i ddim bod yn fwy manwl na hynna, mae'n ddrwg gen i,
ond ro'n i meddwl y dylset wybod cymaint â hyn o leia.

'Paid cysylltu eto, mae'n rhy beryg i ni weld ein gilydd
na siarad am dipyn; dwi wedi rhoi fy hun mewn perygl er
mwyn dweud cyn lleied â hyn wrthat ti. Pob lwc.'

Wrth i'r Cyrnol eistedd yno rocdd yn hollol amlwg mai
fo oedd yr un oedd ar fin cael ei daflu i'r llewod. Doedd
dim amser ganddo i'w golli, ac er ei waethaf cofiodd sut y
teimlai 'nôl yn Aden gyda'r milwyr hynny a'r terfysgwyr
yn cau amdanynt. Gwyddai y gallai ymddeol yn ddistaw
a chadw'i bensiwn, gan arbed sgandal ac ymchwiliad
cyhoeddus. Ond roedd hynny'n groes i'r graen. Fel y tystiai
unrhyw un o'r milwyr a wasanaethodd gydag ef mewn
brwydr, roedd ar ei beryclaf pan oedd wedi'i gornelu.

*   *   *

Wedi gwylio Dafydd yn mynd trwy'r drws, neidiodd y
Lladdwr dros y clawdd eto a brasgamu tuag at y car i
weld a oedd yr allweddi wedi'u gadael ynddo, gan ddal i
hoelio'i sylw ar ddrws agored y ffermdy. Roedd yr holl
wersi a gafodd flynyddoedd yn ôl yn dod yn reddfol iddo.

Sylwodd ar y rycsac las ar sedd y teithiwr a gweld corneli amrywiol ffolders ac amlen frown yn glir ynddi.

Heb oedi, agorodd y Lladdwr y drws a chipio'r bag cyn cau'r drws yn ddistaw ofalus a brasgamu i ochr y ffermdy; ar yr un pryd, byseddai trwy gynnwys y rycsac gan ddod o hyd i'r parsel brown gydag enw Gladys Morse arno. Pwysodd ar wal gerrig y ffermdy a chael cip ar ddwy dudalen oedd yn y parsel. Dyma nhw o'r diwedd. Roedd wedi cael gafael arnyn nhw!

Ond nawr roedd yn rhaid gwneud yn siŵr nad oedd y gohebydd yma wedi gweld gormod, nac wedi gwneud copïau eraill chwaith.

Yna oedodd wrth y drws i ddal ei wynt a chymerodd gip sydyn rownd y gornel. Roedd cefn Dafydd tuag ato ac roedd yn pwyso dros gorff yr hen ohebydd. Clywodd ef yn dweud rhywbeth mewn llais bloesg. Dyma'r amser delfrydol, penderfynodd, i'w holi – ac yntau newydd gael sioc o weld corff ei gyfaill, roedd yn llawer mwy tebygol o ddweud y gwir. Chwarae bach fuasai gwasgu popeth ohono mewn dim amser, meddyliodd yn oeraidd.

Ond cyn cymryd y cam clywodd beiriant car arall yn agosáu. Sut na chlywodd hwn yn gynt? Rhaid ei fod yn heneiddio'n gynt nag yr ofnai, meddyliodd yn sydyn. Taflodd gipolwg yn ôl, ac uwchben y cloddiau gwelai olau glas car heddlu.

Roedd y parsel yn ei feddiant, ac unrhyw brawf yn erbyn honiadau gan y gohebydd ynddo hefyd, felly penderfynodd y Lladdwr ar amrantiad y byddai'n fwy diogel iddo gilio. Buasai gan Dafydd Smith lond ei ddwylo yn egluro beth roedd yn ei wneud mewn cegin gyda chorff marw. Rhoddai hynny ddigon o amser iddo benderfynu ar y cam nesaf a chysylltu â'r Cyrnol. Byddai'n rhaid dibynnu ar y ffôn symudol am yr alwad hon.

*   *   *

Funudau'n ddiweddarach, yn Llundain, derbyniodd y Cyrnol yr alwad a dechreuodd egin o gynllun ffurfio yn ei feddwl. Wrth iddo siarad, ysgrifennodd nodiadau ar y papur ar y ddesg yn ei swyddfa oedd ag ond un ffolder arall arni. Ar ôl i'r Lladdwr orffen rhoi'r manylion diweddaraf pwysodd 'nôl a gwenu.

'Diolch am hynna, a paid â phoeni, rwyt ti'n gwneud gwaith da. Nid dy fai di yw'r ffaith fod yr holl drefniadau wedi cawlio cyn cychwyn. Dalia ati, a ti'n siŵr o gael gafael ar unrhyw gopïau os ydyn nhw'n bodoli. Y peth pwysig nawr ydi fod y gwreiddiol gennon ni, ac mae'r unig berson sydd wedi'u gweld yn debygol o fod dan glo heb allu dianc. Gallwn gymryd ein hamser i chwilio am weddill y dogfennau. Mi wna i drefniadau i ddelio â'r Dafydd Smith yma'n fuan,' meddai'r Cyrnol, gan ystyried ei gam nesaf.

Er bod y gwreiddiol bron â bod yn ei feddiant, penderfynodd y byddai'n saffach cael unrhyw gopi hefyd, ond cadw hwnnw y tu allan i'r drefn swyddogol. Pwy allai ei helpu i wneud hynny?

'Ydi'r gorchymyn i lanhau unrhyw un sy'n gweld y dogfennau'n dal yn ddilys?' gofynnodd Abel Morgan, a sylwodd y Cyrnol am y tro cyntaf pa mor flinedig oedd ei lais. Dewisodd ei eiriau'n ofalus.

'Does gen i mo'r awdurdod i newid y gorchymyn yna, mae'n ddrwg gen i am hynny. Felly, rhaid i ti gario mlaen fel hyn nes i ti glywed i'r gwrthwyneb gan y rhai a orchmynnodd y cyrch yma.'

97

Clywai'r Cyrnol sŵn seirens ceir yr heddlu yn y cefndir y tu ôl i lais y Lladdwr.

'O sylwi ar y traffig sy'n mynd heibio'r funud hon, dwi'n meddwl fod yr awdurdodau wedi dod o hyd i'r datblygiad diweddara. Dwi am fynd i gael golwg ar beth sydd wedi digwydd,' meddai.

Gyda hynny rhoddwyd y ffôn i lawr a chododd y Cyrnol y ffolder oddi ar ei ddesg, ffolder oedd yn cynnwys manylion cyswllt swyddogion rhan-amser yn ardal y Drenewydd. Roedd y rhwyd yn cau, ond gwelai lygedyn o olau ym mhen draw'r twnnel erbyn hyn.

*   *   *

Wrth iddo yrru tuag at y bwthyn, ni welodd Ifan y Lladdwr yn gadael gan i hwnnw swatio yng nghysgod yr adeilad cyn sleifio oddi yno'n gyflym gyda'r rycsac las yn ddiogel ar ei gefn. Gallai weld car mam Dafydd, a sylwodd fod drws y ffermdy ar agor.

Parciodd Ifan drws nesaf i'r car, camu ohono a cherdded yn bwyllog tuag at y drws. Nid oedd yn gallu gweld na chlywed dim byd, dim hyd yn oed adar yn canu yn y coed cyfagos. Crychodd ei lygaid i geisio paratoi ar gyfer y golau gwan tu mewn cyn camu dros y rhiniog. O'i flaen fe welai Dafydd yn sefyll fel delw uwchben un o ohebwyr eraill y papur, Emyr Hughes. Gorweddai hwnnw â'i ben ar ei freichiau.

'Dafydd, be yn y byd mawr sy wedi digwydd? Ydi Emyr yn iawn? Beth wyt ti'n wneud yn y fan yma – ti'n gwybod fod heddlu'r ardal yn chwilio amdanat ti? Beth oedd ar dy ben di'n gadael y bore 'ma heb aros amdana i? Dwi mewn coblyn o drwbl oherwy–' Ni chafodd gyfle i orffen.

'Mae o wedi marw. Dwi'n meddwl fod rhywun wedi'i ladd o, yn union fel Mrs Morse ddoe. Dwi'n siŵr fod gan hyn rywbeth i'w wneud efo'r dogfennau ges i gan Gwil Postmon. Roeddwn i'n meddwl fod stori yma, ond ar ôl popeth sydd wedi digwydd mae croeso i ti ei chael.' Roedd fel petai geiriau Ifan wedi rhyddhau Dafydd, oedd wedi camu at ei ffrind gan afael yn ei fraich a baglu dros y brawddegau a fyrlymai o'i geg.

Rhuthrodd Ifan at Emyr gan deimlo am byls yn ei wddf a chodi'i amrannau gan ddefnyddio fflachlamp bychan o'i boced i weld a oedd unrhyw ymateb.

'Dim ond awr neu ddwy 'nôl y gwelish i o ddiwetha, ac roedd o'n berffaith iach yr adeg yna. Ond sbia arno fo rŵan. Mae'n rhaid mai ond newydd golli pwy bynnag fuodd yma rydan ni.'

Erbyn hyn roedd Dafydd wedi camu at y drws gan edrych trwyddo fel petai'n disgwyl gweld rhywun yno. Trodd yn ei ôl yn gyflym.

'Y dogfenna 'na sydd wrth wraidd hyn i gyd; mi gei di 'u gweld nhw rŵan – mae'r cynnwys yn anhygoel. Wnei di ddim coelio be mae'r gwasanaethau cudd wedi bod yn ei wneud.'

Cododd Ifan ei law i geisio gafael yn Dafydd. Ond rhy hwyr – roedd Dafydd wedi rhedeg at y car ac achubodd Ifan ar y cyfle i alw'r pencadlys i ofyn am ambiwlans ac uned fforensig, a rhoddodd alwad i'r Inspector hefyd. Wrthi'n gorffen y sgwrs yr oedd pan ruthrodd Dafydd i'r gegin a'i wyneb yn wyn.

'Maen nhw wedi diflannu! Mae rhywun wedi dwyn fy mag i hefo'r dogfennau a'r copi o'r car pan oedden ni yn fama. Rhaid fod rhywun tu allan i'r lle 'ma y funud hon –

rhaid i ni gloi'r drws. Rydan ni mewn perygl, Ifan . . .
Alla i ddim coelio fod y dogfennau wedi'u dwyn . . .'

Nawr rhoddodd Ifan ei law ar fraich Dafydd a gafael
ynddi'n dynn. 'Yli, Dafydd, arafa. Pwylla rŵan. Cymer
dy wynt a dwed wrtha i bopeth ddigwyddodd ers i ti fy
ngadael y bore 'ma,' meddai Ifan, gan estyn â'i law rydd
am y radio oedd ar ei felt.

Siaradai'n bwyllog gan ailadrodd enw ei ffrind i
geisio'i dynnu allan o'r sioc oedd yn amlwg yn effeithio
arno. Ond parhaodd hwnnw i barablu siarad.

'Mae'r dogfennau yna oedd yn y car, oedd ar eu ffordd
i Mrs Morse – y dogfennau ddangosais i i Emyr cyn cinio,
wedi diflannu. Roedden nhw yno pan es i i mewn i'r tŷ,
ond rŵan maen nhw wedi mynd. Rhaid fod y person yn
agos iawn y funud hon.'

Er gwaetha'r stori anhygoel roedd ei ffrind yn ei
hadrodd, roedd dau beth penodol yn gofidio Ifan. Roedd
Dafydd yn mwydro am ryw ddogfennau gan roi'r bai
arnyn nhw am y marwolaethau, ond roedd hefyd yn
dweud eu bod nhw wedi'u cymryd y funud honno o'i gar.
Gwyddai Ifan nad oedd wedi gweld dim byd yn y car pan
aeth heibio iddo, a munud – neu lai – y tu ôl i Dafydd yr
oedd yntau'n cyrraedd tŷ Emyr Hughes. A dyma'r eildro
mewn diwrnod iddo ddod o hyd i'w ffrind gorau mewn
man lle'r oedd rhywun wedi marw.

Y Cyfreithiwr

'Gadewch imi grynhoi'n fras, felly, beth rydych chi
wedi'i ddweud wrthym hyd yn hyn, Mr Smith,' meddai'r
Inspector, gan gerdded o amgylch Dafydd. Eisteddai
hwnnw ar gadair bren galed yn yr ystafell holi yn
swyddfa heddlu'r Drenewydd. Ystafell fechan heb
ffenestr oedd hon, gyda tho isel ac un bylb cryf, noeth, yn
ei goleuo. Roedd yn fyglyd a phoeth yno, ond nid dyna'r
rheswm pam fod Dafydd yn chwysu.

Eisteddai gyferbyn â ditectif ifanc mewn siwt dywyll;
doedd hwnnw heb yngan gair, ac roedd peiriant recordio
casét ar y bwrdd bychan rhyngddynt. Gan mai dechrau
trwy ofyn iddo a ocdd yn fodlon cynorthwyo'r heddlu
gyda'u hymholiadau a wnaeth yr Inspector, nid oedd
Dafydd wedi gofyn am gyfreithiwr. Roedd wedi hen
ddifaru'r penderfyniad byrbwyll yna.

'Rydych chi'n dweud i chi dderbyn galwad gan berson
di-enw yn eich rhybuddio fod digwyddiad yng nghartref
Mrs Morse, oedd wedi'i lladd fore ddoe. Does ganddoch
chi ddim syniad pwy oedd y person yma, chwaith. Fe
gawsoch eich gweld yn agos iawn at gartref y ddynes, ac
yna fe wnaethoch chi adael safle'r ymchwiliad er
gwaethaf gorchymyn gan PC Llewelyn i chi aros yno.

'Yna fe gymeroch chi becyn o bost y ddynes oddi ar y
postmon – er eich bod yn gwybod yn iawn ei bod hi
eisoes wedi marw.' Roedd ei lais yn codi'n uwch gyda

phob brawddeg a thinc wawdlyd i'w chlywed yn glir ynddo.

'Yna rydych yn honni i chi ddangos y dogfennau i'ch cydweithiwr – ar ôl i chi agor y parsel yn anghyfreithlon, gyda llaw. Rŵan mae'r gŵr hwnnw'n farw hefyd, eto mewn amgylchiadau amheus iawn. Yna fe welwyd chi yng nghartref yr un sydd wedi marw ac, yn ôl yr hyn a wyddom, chi oedd y person diwethaf i'w weld yn fyw a'r person cyntaf i ddod o hyd i'r corff. A rŵan mae'r dogfennau wedi diflannu yn y gwynt hefyd. Os ydym yn coelio eich stori, wrth gwrs.' Gorlifai'r gwawd dros lais yr Inspector erbyn y frawddeg olaf. Oedodd cyn troi a thaflu brawddeg sydyn ato fel bowliwr mewn gêm griced yn ceisio twyllo batiwr.

'Rydym yn gwybod yn iawn i chi ffraeo gyda'ch cyd-ohebydd oherwydd rhyw stori a faint o arian roeddech am ei rannu. Rydan ni wedi holi staff caffi'r Wylan, cofiwch, ac mae'r rheiny wedi gweld a chlywed popeth. Mi gymeron ni *statements* llawn ganddyn nhw y pnawn yma.'

Ysgydwodd Dafydd ei ben. Roeddent wedi bod yn ei holi am bedair awr ac roedd ei feddwl yn dechrau colli gafael ar holl ddigwyddiadau'r bore cythryblus.

'Na! Dim byd fel'na o'r gwbl. Ylwch. Dwi'n meddwl y byddai'n well imi gael cyfreithiwr ar unwaith; roeddwn i'n meddwl fy mod i yma i'ch helpu gyda'r ymholiadau o ngwirfodd, ond mae'r holl gwestiynau hyn wedi fy nrysu'n llwyr.' Roedd cefn Dafydd yn chwys oer drosto a chnoi poenus yn ei stumog.

'A dyna rydych chi *yn* ei wneud, ac mae perffaith hawl ganddoch chi i alw am gyfreithiwr unrhyw bryd. Dim ond i chi fod yn ymwybodol wedyn y bydd y mater yn mynd yn fwy difrifol a hyd yn oed yn fwy swyddogol.' Sythodd yr Inspector i'w lawn ddwy lath a phlethu'i freichiau.

'Buasai'n rhaid i ni benderfynu wedyn a ydym am eich cyhuddo er mwyn eich holi'n bellach, a dwi'n siŵr nad ydech chi am i ni wneud hynny? Mi ddylsen ni eich cyhuddo yn y fan a'r lle am gymryd y parsel oddi ar y postmon – parsel oedd wedi'i gyfeirio at rywun yr oeddech yn gwybod oedd wedi marw. Parsel sydd wedi diflannu'n gyfan gwbl erbyn hyn, mewn amgylchiadau od – os nad chwerthinllyd – o amheus.

'Ceisio eich helpu chi rydan ni, Mr Smith, ceisio setlo'r mater yma heb orfod mynd yn swyddogol, a chyn i unrhyw beth ddigwydd allai andwyo eich gyrfa unwaith ac am byth.' Oedodd. 'Nac effeithio mewn unrhyw fodd ar eich teulu agos.' Pwysleisiodd y geiriau olaf.

'Na, dwi'n dallt . . . ddim o gwbl, Inspector,' baglodd Dafydd, 'ond dwi ddim yn dallt yn iawn beth sy'n digwydd. 'Dach chi erioed yn fy amau i o'r llofruddiaethau yma?'

Llamodd yr Inspector tuag at Dafydd gan roi cledrau'i ddwylo ar y bwrdd a chlosio ato nes eu bod wyneb yn wyneb.

'Llofruddiaeth? Does neb yma wedi sôn gair am hynny, Mr Smith – beth wnaeth i chi feddwl y fath beth? Does dim wedi'i brofi hyd yma, os nad ydech chi'n meddu ar wybodaeth ychwanegol. Cofiwch ei bod yn drosedd cadw unrhyw dystiolaeth oddi wrth yr heddlu mewn ymchwiliad o'r natur hwn. Gadewch i ni gychwyn eto, Mr Smith.'

Ochneidiodd Dafydd wrth baratoi i fynd trwy'r un stori eto.

*   *   *

Aeth y Lladdwr o amgylch y llyfrgell yn ofalus ddwywaith. Roedd y ddwy ddynes wrth y ddesg yn taeru nad oedd neb wedi gadael, ond fod gohebydd ifanc yr *Herald* wedi bod i mewn yn gynharach. Os oedd unrhyw beth, heb sôn am bentwr o bapurau, wedi'i guddio yn y llyfrgell yna buasai fel chwilio am nodwydd mewn tas wair.

Sylwodd y Lladdwr ar y drysau tân ac yn arbennig ar y pedwar peiriant llungopïo – gallai Dafydd fod wedi gwneud copi yn hawdd yno heb i neb sylwi. Rhegodd yn ddistaw a gwyddai fod y mater yn bygwth berwi allan o reolaeth.

Agorodd bob peiriant yn ei dro ac archwilio'r cof i weld faint o ddefnydd oedd wedi bod arnynt y diwrnod hwnnw. Roedd dau beiriant wedi bod yn segur ers tridiau, ac un arall wedi cael ei ddefnyddio ddwywaith – ond roedd y pedwerydd, a'r pellaf oddi wrth y ddesg, sylwodd, wedi gwneud 137 o gopïau y diwrnod hwnnw. Hanner cant o ddudalennau oedd yn y parsel brown yn wreiddiol, felly rhaid bod copi arall yn bodoli ar wahân i'r un roedd wedi dod o hyd iddo yn y bag. Rhegodd eto.

Aeth allan o'r llyfrgell a mynd yn syth i chwilio am giosg i ffonio'r Cyrnol eto gyda'r newyddion drwg fod copi arall o'r dogfennau'n bodoli. Byddai'n rhaid gofyn am gyngor yn awr. Er ei fod yn ofni ei fod wedi methu, nid hynny oedd yn ei boeni – ac roedd y teimlad gwag, oer yn dal i gnoi yn ei stumog. Gwyddai fod hunllefau'n ei ddisgwyl y noson honno. Teimlai y buasai'n ryddhad gallu gadael popeth yn nwylo rhywun arall.

*   *   *

Roedd Dafydd yn falch o weld drws yr ystafell holi'n agor er mwyn iddo gael seibiant oddi wrth y cwestiynau di-baid. Daeth rhingyll mewn lifrai i mewn a sibrwd yng nghlust yr Inspector gan edrych ar Dafydd. Aeth y ddau allan o'r ystafell, ond roedd yr Inspector yn ei ôl mewn llai na munud a'i wyneb yn goch. Siaradodd trwy'i ddannedd gan boeri'r geiriau allan, bron.

'Mae eich cyfreithiwr yma, Mr Smith. Dwi ddim yn gwybod sut goblyn y llwyddoch chi i gael gafael arno, ond fel y saif pethau ar hyn o bryd rydan ni wedi cytuno i'w gais i chi gael gadael y swyddfa. Ond peidiwch â meiddio gadael yr ardal; mae'n rhaid i chi fod ar gael i ni eich holi ymhellach. Unrhyw amser. 'Dach chi'n dallt hynny?'

Nodiodd Dafydd ei ben gan godi'n ddryslyd a theimlo'n benysgafn. Rhaid fod Ifan wedi galw am gyfreithiwr yn ddistaw bach, meddyliodd. Diolchodd yn dawel i'w gyfaill am ei achub rhag yr holi diddiwedd yma oedd wedi'i flino'n llwyr. Edrychai mlaen at gael seibiant bach – bwriadai fynd adref i'w wely a thynnu'r cwilt cysurus dros ei ben.

*   *   *

'Llewelyn, ai chi ffoniodd y cyfreithiwr yna? Meddyliwch yn galed iawn cyn ateb y cwestiwn. Alla i ddim meddwl sut ar wyneb y ddaear y gwyddai'r cyfreithiwr fel arall ble'r oedd Smith yn cael ei holi, na'i fod o yma hyd yn oed!' Roedd wyneb yr Inspector yn goch er bod Dafydd a'i gyfreithwr wedi hen adael swyddfa'r heddlu erbyn hynny. Safai Ifan o'i flaen yn ei swyddfa gan nad oedd wedi cael cynnig eistedd.

'Buasai awr neu ddwy arall wedi'n galluogi ni i

gracio'r *suspect* ond rŵan bydd raid ailgychwyn yr holi unwaith eto. Dwi ddim yn hapus o gwbl, nac yn dallt yn glir eich rhan chi yn hyn i gyd chwaith. Mae'r ffaith i chi ddod o hyd iddo bore 'ma yn agos at safle'r llofruddiaeth, yna ei ryddhau heb ddilyn y drefn gywir, ac yna i chi ei ddilyn draw i gartref hen ohebydd a dod o hyd i'r corff arall . . .' Oedodd cyn syllu i fyw llygaid Ifan. 'Ar un llaw gallwn ddweud mai gwaith heddlu da oedd hynny, ond eto mae nifer o ffeithiau am yr achos yma yn codi fy amheuon.' Edrychodd yn awgrymog arno.

'Dwi wedi dweud y cyfan fel y digwyddodd o, syr. Ac er mod i'n derbyn fod nifer o gyd-ddigwyddiadau rhyfedd yma, alla i ddim credu bod Dafydd yn euog o ddim byd mwy na chwilio am stori, a bod hynny wedi peri iddo wneud ambell gamgymeriad byrbwyll.

'Falla nad ydi'r stori am y dogfennau ddim yn gwneud rhyw lawer o synnwyr, ond rydan ni'n gwybod eu bod nhw'n bodoli. O ran eu cynnwys, dim ond gair Dafydd sydd ganddon ni ar hyn o bryd.' Tawodd Ifan gan boeni ei fod wedi dweud gormod. Wedi'r cyfan, roedd yntau hefyd dan gwmwl ar hyn o bryd.

Rhwbiodd yr Inspector ei law dros ei wyneb gan ochneidio'n galed cyn sefyll ac ymestyn ei freichiau uwch ei ben.

'Os mai dyna eich stori chi, Llewelyn, yna dwi'n derbyn eich gair, ond gwyliwch chi na ddaw mwy o wybodaeth i'r golwg. Bydd dau dditectif yn dilyn eich ffrind hefyd o hyn ymlaen, ddydd a nos, a gwae fo os gwnaiff o geisio dianc o'r ardal,' meddai'r Inspector gan ei gwneud yn berffaith glir na fuasai dim yn well ganddo na gweld Dafydd yn gwneud hynny.

'A pheidiwch chi â mynd yn agos at Dafydd Smith chwaith, dim galwad ffôn na dim byd o'r fath. Rydw i'n dal yn methu deall sut y cafodd o gyfreithiwr yma mor gyflym – ac welais i 'rioed mo hwnnw o'r blaen chwaith, a finnau'n meddwl mod i'n adnabod pob cyfreithiwr yn yr ardal 'ma. Beth bynnag am hynny,' a gwenodd wrth droi o'r ffenestr i edrych ar Ifan, 'dylsech chi fynd adref, Llewelyn, mae noson hir o'ch blaen yn cadw golwg ar y traffig yn ardal coedwig Hafren heno, a pheidiwch â meddwl am eiliad y byddwch chi'n cael cyfle i gysgu. Dwi'n disgwyl adroddiad 'nôl yn y pencadlys bob hanner awr ac mi wna i gadarnhau hynny yn y bore hefyd. Peidiwch ag edrych mor ddigalon – pwy a ŵyr, falle bydd rhywbeth diddorol yn digwydd yn y goedwig yna heno!'

*   *   *

Wrth i Dafydd eistedd yn nghar y cyfreithiwr, sylwodd pa mor lân oedd hwnnw y tu mewn. Dim darn o lwch na sbwriel i'w weld yn unman, a phopeth yn sgleinio fel swllt. Taflodd gipolwg ar y cloc a sylwi ei fod wedi gwneud llai na mil o filltiroedd. Yna gwelodd fathodyn bychan yn hysbysebu enw cwmni llogi ceir. Rhyfedd, meddyliodd, fod cyfreithiwr cefnog yn gyrru car o'r fath. Rhaid ei fod wedi cael damwain, meddyliodd, ac wedi gorfod llogi car dros dro. Gorffwysodd ei ben ar y sedd. Roedd coblyn o gur pen ganddo.

'Mi wna i siarad wrth i ni yrru, Mr Smith. Mae angen i chi wrando'n ofalus iawn ar yr hyn rydw i am ddweud wrthych, gan na fydd amser i ailadrodd. Ydych chi'n deall hynny?'

Nodiodd Dafydd yn ddryslyd, ac o gofio'r hunllef o

brynhawn a gawsai'n cael ei holi, gwnaeth ymdrech i glirio'i ben a chanolbwyntio ar eiriau'r dieithryn gan nad oedd yn dymuno mynd yn agos i swyddfa'r heddlu eto. Nid edrychodd y cyfreithiwr yn y siwt dywyll arno unwaith. Wyneb di-nod oedd ganddo, a sylwodd Dafydd ei fod wedi tynnu'i sbectol drwchus. Roedd yn amlwg, felly, nad oedd arno ei hangen i yrru, oedd yn beth rhyfedd, meddyliodd.

'Rydw i yma ar ran person sydd â diddordeb agos yn eich achos. Mae gen i rif ffôn er mwyn i chi gael gair gydag ef. Unwaith eto, dylsech wrando'n ofalus iawn ar yr hyn sydd ganddo i'w ddweud wrthych. Rydych ynghanol digwyddiad o bwys mawr ac mae pobl rymus iawn yn ofni'r wybodaeth sydd yn eich meddiant. Peidiwch â chamgymryd am eiliad gymaint yw eu dymuniad i gadw hyn yn ddistaw. Rydych wedi gweld eich hun i ba eithafion maen nhw'n barod i fynd.'

Gyda hynny edrychodd y dyn ar Dafydd gan stopio'r car mewn llecyn ar ochr y ffordd a thynnu ffôn symudol plastic du, maint Beibl bychan, o boced ei got. Estynnodd ef i Dafydd a chlywai yntau'r gloch yn canu. Ymhen eiliad neu ddwy clywai lais yn ei gyfarch.

'Mr Smith. Falch o gael gafael ynddoch chi o'r diwedd.'

Agorodd y cyfreithiwr ddrws y car gan gamu allan a thynnu pecyn sigaréts o'i boced.

'Gwrandewch yn ofalus, rydych chi mewn perygl mawr ac mae 'na lofrudd proffesiynol ar eich ôl. Wnaiff hwnnw ddim oedi eiliad cyn eich lladd. Mae e eisoes wedi gwneud hynny i rai eraill. Rydw i'n cymryd eich bod wedi darllen y dogfennau a deall eu harwyddocâd.' Allai Dafydd ddim dweud yr un gair.

'Dwi hefyd yn credu bod copi gennych o'r dogfennau gan i chi golli'r rhai gwreiddiol pnawn 'ma, fel petai.'

Roedd llais Dafydd, pan wasgodd ef o'i wddf, yn wich floesg. 'Sut gwyddoch chi hyn i gyd? Pwy ydych chi, a pham eich bod yn gwneud hyn?'

'Tydi pwy ydw i ddim yn bwysig iawn. Galwch fi y Cyrnol. Meddyliwch amdana i fel rhywun arall sy'n awyddus i weld y dogfennau hyn yn cael eu cyhoeddi, yn hytrach na chael eu dinistrio gan y rhai sy mewn grym. Mae ein dyfodol ni'n dau yn dibynnu ar y dogfennau hyn, neu yn hytrach yn dibynnu arnoch chi'n dal eich gafael arnyn nhw ac yn eu trosglwyddo i mi.'

'Pam dylswn i wneud y fath beth? Dwi wedi cael llond bol ar hyn i gyd, a dwi bron â mynd 'nôl i swyddfa'r heddlu y funud hon a rhoi popeth yn eu dwylo . . .'

Trodd y llais ar ben arall y lein yn ocraidd a chaled iawn, iawn. 'Roeddwn yn gobeithio na fyddai'n rhaid imi dy atgoffa o hyn, Smith. Ond dydy dy sefyllfa di ddim yn un gref iawn o gwbl. A dweud y gwir, rwyt ti mewn tipyn o bicil.'

Clywodd Dafydd beiriant car arall yn agos ato, ac edrychodd yn y gwydr i weld jîp du arall yn aros wrth eu hymyl a'r cyfreithiwr yn camu iddo cyn rhuo ymaith yn gyflym.

'Ar y funud hon rwyt ti newydd adael swyddfa'r heddlu yn anghyfreithlon, ac rydw i'n siŵr dy fod yn deall bellach nad cyfreithiwr oedd y dyn sydd newydd dy adael. Bydd gan yr heddlu ddiddordeb mawr mewn gwybod sut y bu i ti lwyddo i fynd o'u gafael mor gyflym, gyda chymorth dyn arall sydd nawr wedi diflannu. Mae'n gwneud dy sefyllfa'n un anodd ac amheus iawn. Ti ydi'r unig *suspect* mewn dwy lofruddiaeth. Dy unig obaith yw cael gafael ar y dogfennau, cadw allan o ddwylo'r heddlu, a dod â chopi i mi cyn cyhoeddi dim. Mae'r rhif yma er mwyn i ti allu galw mewn argyfwng, ond paid â meddwl am eiliad y galli ei roi i'r heddlu. Bydd hynny'n amhosibl.

'Nawr, rhed! Paid ag aros yn llonydd. Paid ag ymddiried yn neb. Paid â chysylltu gyda'r un ffrind nac aelodau o dy teulu. Mae'r Lladdwr ar dy ôl, a wnaiff o byth bythoedd stopio – dim ar unrhyw gyfrif. Os ydi o'n llwyddo i dy dal mi wnaiff dy ladd. Os wyt ti am fyw, rhed!'

Ar Ffo

Er eu bod yn gyfeillion agos ers deng mlynedd ar hugain, roedd Ian Kilmarnock yn gandryll gyda Syr Humphrey, a'i lais melfedaidd arferol wedi troi'n gyfarthiad.

'Beth goblyn ti'n feddwl ti'n ei wneud yn cerdded i mewn heb wahoddiad i gyfarfod pwysig, ac yn gwrthod gadael? Pa fath o argraff mae hynny'n ei rhoi i fy swyddogion ohona i a'm hawdurdod, os oes modd iddo gael ei sarhau mor agored gan aelod o'r gwasanaeth sifil? Rwyt ti'n anghofio weithiau mai fi fydd y Prif Weinidog nesaf a rhaid i mi roi argraff gref i bawb sydd yma fy mod yn trin pawb yr un fath – os ydyn nhw'n ffrindiau agos neu beidio.'

Pwysodd Syr Humphrey ar y ddesg â'i ddwy law gan ateb yn dawel ac araf trwy ei ddannedd. 'Ac rwyt tithau'n anghofio, dwi'n meddwl, nad wyt ti'n Brif Weinidog eto – ac na fyddi di byth, heb fy nghefnogaeth i. Paid anghofio chwaith, os daw'r dogfennau yna i'r golwg, yna mi fydd popeth yn mynd yn ffliwt.'

Wynebai'r ddau ei gilydd yn swyddfa foethus, oeraidd Kilmarnock. Roedd e wedi bod ynghanol cyfarfod gyda'r is-weinidogion hynny roedd yn disgwyl eu dyrchafu pan gâi ei wneud yn Brif Weinidog pan ddaeth Syr Humphrey i mewn a mynnu gair preifat.

'Ti'n fy mygwth i? Ti'n meiddio fy mygwth i?' Roedd ei lais bron yn wich erbyn hyn wrth iddo geisio peidio gweiddi. 'Os wyt ti, yna rwyt ti'n anghofio bod dy ddyfodol dithau yn y fantol.' Roedd wyneb yr Ysgrifennydd Cartref yn goch a'i figyrnau'n wyn lle pwysai ar y ddesg.

Tro Kilmarnock oedd hi i daro 'nôl nawr. 'Dim ond i ti ddeall nad ydw i am gael fy nhaflu i'r bleiddiaid ar fy mhen fy hun os daw hi i hynny. Rwy'n deall dy fod ti eisoes wedi bod yn paratoi stori fawr i'w datgelu i'r wasg er mwyn eu cadw oddi ar dy drywydd di os aiff pethau'n flêr.'

'Ac rydw innau'n deall dy fod ti wedi trefnu bod unrhyw swyddog o'r gwasanaeth cudd fu'n gweithio yno yn y cyfnod hwnnw wedi'i anfon i weithio dramor fel na fydd neb ar gael i'w holi os bydd angen,' meddai gan edrych i fyw llygaid ei gyfaill.

Oedodd y ddau gan sylweddoli eu bod angen cymorth ei gilydd i oroesi'r sefyllfa. Roedd yn rhaid camu 'nôl. Syr Humphrey siaradodd gyntaf.

'Edrych. Mae'r ddau ohonom dan lot o straen ac mae angen i ni ddal ati, rydan ni wedi dod mor bell. Rwy'n ymddiheuro am dorri ar draws dy gyfarfod, ond allai hyn ddim aros. Rydan ni wedi cael y dogfennau gwreiddiol yn ôl, ond mae'r swyddog lleol yn sicr fod copi wedi'i wneud. Un person yn unig sydd wedi'u gweld, a fo sy'n gwybod ble mae'r copi hefyd. Mi drefnais fod y dogfennau gwreiddiol yn cael eu casglu gan un o'n swyddogion ni. Dwi'n credu bod hynny'n saffach, ac felly does neb – gan gynnwys y Cyrnol – wedi cael cyfle i'w darllen. Oni bai am y swyddog Morgan, ond fydd e ddim yn broblem.' Gwenodd Kilmarnock.

'Ond dyma ble'r aeth y sefyllfa'n flêr. Roedd y dyn yma, Dafydd Smith, yn y gell yn y Drenewydd yn cael ei holi, ond yna, rhywsut, fe lwyddodd i ddianc oddi yno. Gallai hynny awgrymu nad yw mor ddiniwed ag yr oedden ni'n ei gredu. Mae'r heddlu'n chwilio amdano nawr, gan eu bod yn ei amau o fod â rhywbeth i'w wneud â'r llofruddiaethau.

'Ond mae'r sefyllfa'n waeth na hynny hyd yn oed. Mi oedodd y Cyrnol am awr cyn trosglwyddo'r wybodaeth yma i mi, er gwaethaf ein cyfarwyddyd pendant am hynny, ac rwy'n deall ei fod wedi bod yn gwneud ymholiadau amdanon ni hefyd. Gall fod yn beryglus, a gwell fuasai ei gadw allan o'r ymchwiliad o hyn ymlaen.'

Cerddodd Kilmarnock o amgylch y ddesg gyda'i ddwylo tu ôl i'w gefn. 'Rwy'n cytuno; mae e wedi'i dynnu i mewn yn ddigon dwfn yn barod i ni fedru rhoi'r bai arno fo beth bynnag digwyddith. Bydd yn rhaid trefnu damwain i'r swyddog sydd yno hefyd, y Morgan yma, rhag ofn ei fod wedi darllen y dogfennau. Dwi ddim am i'r mater yma godi'i ben byth eto. Mae gormod o lawer yn dibynnu ar hyn.

'Ond yn gyntaf rhaid i ni wneud rhywbeth ynglŷn â'r dyn yma hefyd, yr un sydd â'r dogfennau. Smith ddywedaist ti oedd ei enw?' Nodiodd Syr Humphrey ei ateb.

'Mae'n newyddion da fod yr heddlu hefyd ar ei ôl, ond beth am wneud yn siŵr a dweud ei fod wedi'i amau o fod â chysylltiad gyda grŵp terfysgol – efallai carfan eithafol o'r IRA sy'n gwrthwynebu'r cadoediad?' Eto, cytunodd Syr Humphrey gan ryfeddu pa mor ddidostur y gallai ei gyfaill fod.

'A dwi'n credu y dylsem gael criw o'r fyddin wrth law hefyd i wneud yn siŵr nad yw'n goroesi chwaith.

Defnyddia'r polisi D16 *shoot to kill* yna; unwaith y bydd wedi'i ladd byddwn yn ddiogel, rhag ofn na wnaiff y Lladdwr ei ddal.'

Roedd Kilmarnock erbyn hyn yn sefyll wrth ochr Syr Humphrey. Gwenodd y ddau ar ei gilydd.

*   *   *

Rhythai Dafydd ar y lôn lle roedd y car gyda'r cyfreithiwr ynddo – os mai dyna pwy oedd e – newydd ddiflannu o'i olwg. Curai ei galon yn galed; roedd ei geg yn sych a'i ddwylo'n rhyfeddol o wlyb gan chwys.

Roedd y ffôn wedi mynd yn fud, ond atseiniai rhybudd y Cyrnol yng nghlust Dafydd. Er mor anhygoel oedd y neges a gafodd lai na munud ynghynt, roedd gweld corff marw cydweithiwr a chyfaill iddo ychydig oriau'n ôl, a gwybod iddo gael ei ladd, yn berswâd cryf arno i gredu'r hyn a glywsai. Cofiodd hefyd sut roedd y dogfennau wedi diflannu o'i gar ac yntau mor agos. Dyn a ŵyr beth allai fod wedi digwydd oni bai fod Ifan Llewelyn wedi ei ddilyn. Roedd yn teimlo fel y gwnâi ambell waith ar yr adegau prin hynny mewn gêm bêl-droed lle roedd popeth o'i amgylch fel petaent yn arafu a'i feddwl yntau'n carlamu gan ei alluogi i weld pob opsiwn yn glir.

Sylwodd fod yr allwedd yn dal dan yr olwyn yrru, a chan edrych dros ei ysgwydd, taniodd Dafydd y peiriant a gyrru am bum milltir cyn troi ar hyd hen lôn roedd yn ei hadnabod yn dda. Cyrhaeddodd goedwig fechan a pharcio'r car yng nghysgod y coed. Ceisiodd reoli ei anadlu.

Welai neb mohono yma o'r ffordd fawr a gwyddai fod y ffermwr oedd yn berchen ar y goedwig yn wael yn yr ysbyty. Fyddai neb yn dod ar ei gyfyl nes iddi nosi. Roedd angen amser arno i bwyso a mesur ei gam nesaf. Ond, yn rhyfedd iawn, nid oedd ei feddwl wedi bod yn gliriach ers y cyfnod cyn i'w dad farw ac i bopeth fynd ar chwâl yn Llundain.

Credai'n gryf fod rhywun yn fodlon lladd er mwyn cael gafael ar y dogfennau ac, o'r hyn roedd wedi'i ddarllen, gwyddai eu bod yn cynnwys cyfrinachau allai chwalu gyrfaoedd pobl nerthol iawn.

Roedd yr heddlu'n ei amau hyd yn oed cyn iddo gerdded allan o'r swyddfa y prynhawn hwnnw gyda dieithryn nad oedd yn gyfreithiwr mewn gwirionedd. Buasai hynny ond yn cynyddu'r amheuon yn ei gylch. Os âi at yr heddlu câi ei daflu i gell am amser maith ac, o bosib, ei gyhuddo hyd yn oed. Gwyddai iddo dorri'r gyfraith fwy nag unwaith yn barod.

Yr unig ffordd a welai y gallai egluro popeth oedd nôl y copi o'r dogfennau o'r llyfrgell a mynd â nhw at y Cyrnol yma, pwy bynnag oedd hwnnw. Ond byddai hefyd yn gwneud rhagor o gopïau a phostio'r rheiny i brif bapurau newydd y wlad. Rhag ofn. Wrth feddwl am bopeth oedd wedi digwydd mewn llai na diwrnod, roedd ofn yn bygwth ei lethu – ond canolbwyntiodd ar feddwl am y llyfrgell a sut y gallai dorri i mewn iddi. Eisoes roedd yn nosi a'r haul yn lithro'n isel tu ôl i'r bryniau.

*   *   *

Er bod ei waed yn berwi, yfodd y Cyrnol yn hamddenol o'i botel ddŵr a syllu ar ei ddesg. Nid oedd dim arall y gallai ei wneud yn awr – roedd popeth yn dibynnu ar Dafydd Smith yn llwyddo i gadw o afael y Lladdwr am y deuddeg awr nesaf. Cofiodd y sgwrs, neu'r gorchymyn, a gafodd gan Syr Humphrey lai nag awr yn ôl.

'Mr Wright, mae angen i chi ysgrifennu adroddiad personol o bopeth sydd wedi digwydd hyd yma. O leiaf deng mil o eiriau, yn datgan popeth. Pan rwy'n dweud "personol", am resymau diogelwch mae angen i chi eich hun ei lunio a'i ysgrifennu a dosbarthu'r copïau i'r penaethiaid adran perthnasol. Gyda llaw, rydw i wedi derbyn y copi gwreiddiol o'r dogfennau a gollwyd. *Eyes Only*, felly alla i mo'u dangos i chi.'

Roedd hepgor ei deitl milwrol wedi codi gwrychyn y Cyrnol, ond gwyddai mai dyna union fwriad y gwas sifil trwy wneud hynny. A gwyddai'n iawn eu bod, trwy lwytho gwaith gweinyddol arno, yn ei gwneud yn amhosibl iddo wneud dim arall gyda'r achos yng Nghymru. Lwcus iddo gymryd y camau a wnaeth yn gynharach y prynhawn hwnnw.

Nawr roedd y cyfan yn nwylo'r gohebydd papur newydd yma; gan na allai bellach gysylltu â'r Lladdwr er mwyn ceisio'i daflu oddi ar y trywydd, ofnai'r Cyrnol y gwaethaf.

*   *   *

Eistedd roedd y Lladdwr hefyd, gan geisio cadw'i feddwl yn brysur rhag iddo ddechrau hel meddyliau eto. Gwyddai y byddai'r breuddwydion yn dod 'nôl unwaith cwympai i i gysgu. Roedden nhw'n gryfach nag erioed erbyn hyn. Dyna pam roedd coffi cryf o'i flaen a'r tabledi yn ei gôl yn barod.

Aeth trwy ddigwyddiadau'r dydd yn ofalus yn ei feddwl, gan ystyried yr amser a gymerai i fynd o le i le,

116

faint o amser a gymerai i gopïo'r dogfennau, a pha bryd y gwelodd Dafydd yn y caffi. Gorffennodd trwy gofio faint o'r gloch y cyrhaeddodd gartref Emyr Hughes. Nid oedd unrhyw amheuaeth ganddo bellach. Yr unig le y gallai'r copi o'r dogfennau fod oedd yn y llyfrgell. Nid oedd amser gan Dafydd i fod wedi mynd i'r un lle arall.

Gresynai iddo ei golli pan adawodd swyddfa'r heddlu y prynhawn hwnnw, a gwyddai o wrando ar radio'r heddlu eu bod nhw wedi colli golwg arno hefyd, ond nad oedd wedi mynd adref. Dechreuodd deimlo tipyn o barch at Dafydd – wedi'r cyfan, roedd wedi llwyddo i guddio copi o'r dogfennau, roedd wedi dianc o ddwylo'r heddlu ac roedd yn dal yn rhydd.

Credai Abel mai cymhelliad Dafydd oedd cyhoeddi'r stori, ac felly roedd angen y dogfennau arno. A dyna pam roedd y Lladdwr yn eistedd yn y maes parcio tu ôl i'r llyfrgell wrth iddi nosi. Roedd wedi parcio yn y gornel bellaf fel na fyddai neb yn sylwi arno wrth iddo aros yn amyneddgar, gan wrando ar y radio. Paratôdd ei hun am noson hir, ond credai'n gryf y byddai Dafydd yn dod i'r llyfrgell y noson honno. Gwelai fod larwm ar y drysau cefn ac, o gerdded o amgylch yr adeilad, sylwodd fod ffenestri ar y llawr isaf y gellid eu torri'n hawdd.

*   *   *

Prin y dywedodd Ifan Llewelyn frawddeg gyfan wrth ei fam; atebodd ei chwestiynau gydag ambell 'ie', neu fe'i hanwybyddodd yn gyfan gwbl. Gwyddai ei fod yn ymddwyn yn ddigywilydd, ond ni allai ei atal ei hun. Roedd ei feddwl yn lobscows llwyr wrth iddo geisio gwneud synnwyr o bopeth oedd wedi digwydd y diwrnod hwnnw.

Oedd ei ffrind gorau yn euog o lofruddio? Heb os, roedd Dafydd wedi ymddwyn yn od ac wedi cael ei weld ger dau gorff – a nawr roedd wedi diflannu'n llwyr ar ôl i gyfreithiwr ffug ei ryddhau o swyddfa'r heddlu.

Roedd yr Inspector wedi mynd yn benwan o sylweddoli fod ei *chief suspect,* fel roedd e'n galw Dafydd, wedi cerdded allan o swyddfa'r heddlu gyda dyn oedd wedi twyllo pawb, gan gynnwys ef ei hun. Roedd Ifan wedi cael ei holi'n dwll am hyn eto, cyn cael ei ryddhau o'r diwedd i fynd ar batrôl hir ac unig o amgylch lonydd cefn yr ardal. Gwnaeth yr Inspector yn glir hefyd nad oedd yn credu bod unrhyw ddyfodol gan Ifan yn yr heddlu, gan gyfeirio'n fygythiol at ei 'gyfeillion a'i gysylltiadau' mewn swyddi nerthol a dylanwadol a fyddai'n sicrhau hynny.

Felly roedd Ifan yn falch o allu gadael cegin gysurus ei rieni er mwyn osgoi wynebu rhagor o'u cwestiynau. Eisoes roedd sibrydion ar led trwy'r ardal, a'r heddlu wedi gwneud apêl gyhoeddus ar y teledu yn gofyn am wybodaeth allai helpu i ddod o hyd i Dafydd. Penderfynodd yn ddistaw bach hefyd nad oedd eisiau bod yn blismon mwyach os mai dyma'r math o beth oedd yn digwydd. Roedd breuddwydion ei blentyndod ar fin cael eu chwalu a doedd dim byd y gallai ei wneud ynglŷn â hynny. Cychwynnodd injan y car a throdd i gyfeiriad coedwig Hafren.

*　　　　　*　　　　　*

Un arall oedd wedi cael gorchymyn i fod yn barod i fynd ar batrôl y noson honno oedd Simon Jones, peilot gyda'r awyrlu yn y Fali. Roedd yr hofrenydd yn barod a'r criw o bedwar milwr ynddi yn barod, yn eistedd ac yn disgwyl. Ni wyddai am beth yn hollol roedden nhw'n disgwyl, ond gwyddai nad ymarferiad oedd hwn a bod y gynnau roeddent yn eu glanhau y funud honno yn cario bwledi go iawn.

Pennod 13

Y Llyfrgell

Roedd wedi hen nosi a lampau'r strydoedd yn creu cysgodion yn y dref pan yrrodd Dafydd yn ofalus araf tuag at y cyrion. Cawsai dair awr i benderfynu sut roedd am dorri i mewn i'r llyfrgell, a chofiodd gyngor ei daid – cyn-longwr a chapten bad achub am ugain mlynedd – 'paratoa ar gyfer y gwaethaf posibl bob amser'.

Parciodd y car mewn adwy gysgodol, gyda'i drwyn yn anelu allan o'r dref. Roedd hon yn gyfleus iawn ar gyfer un o'r strydoedd a arweiniai'n syth i gefn y llyfrgell – stryd rhy gul i ddim byd mwy na beic. Ar ei gefn roedd ei rycsac las.

Gwyddai wedyn y gallai gyrraedd i ben to'r llyfrgell dros y toiledau cyhoeddus un-llawr oedd drws nesaf, cyn dringo trwy un o'r ffenestri haul oedd yno. Ychydig iawn o ladrata a geid yn y dref, a golygai hynny nad oedd llawer o bwyslais ar ddiogelwch mewn adeiladau cyhoeddus. Unwaith roedd yn y llyfrgell, gallai gipio'r dogfennau cyn dianc, a cheisio trefnu cyfarfod gyda'r Cyrnol – ond cyn hynny roedd am anfon copi at rai o'r papurau newydd, rhag ofn.

Cerddodd yn gyflym ar hyd y stryd nes cyrraedd y toiledau a dringo i'r to ar hyd y beipen ddŵr, yn union fel y byddent yn arfer ei wneud pan oedden nhw'n blant adeg gwyliau'r haf flynyddoedd ynghynt. Yna roedd silff ffenestr a dwy beipen yn y wal i'w helpu i gyrraedd to y llyfrgell yn ddidrafferth. Ond roedd yn chwysu'n drwm a'i galon yn curo fel gordd. Teimlai fel petai pob llygad yn y dref yn ei wylio. Roedd y cysgodion yn ei guddio a chymerodd ofal i beidio â gwneud smic o sŵn. Dychmygai fod y person laddodd Emyr yn cuddio ymhob cysgod.

Ni fu angen defnyddio'r sbaner fetel a ddaeth o gist y car i agor y ffenestr haul yn y to gan ei bod wedi'i gadael ar agor. Ond roedd cwymp o wyth troedfedd i'r llawr a doedd dim dewis ganddo ond gadael iddo'i hun ddisgyn yn glep ar y llawr teils caled.

$$* \qquad * \qquad *$$

Cyhoeddodd y darllenydd newyddion ar y radio ei bod yn un ar ddeg o'r gloch y nos, ac roedd y Lladdwr yn dechrau anesmwytho. Nid oedd wedi gweld na chlywed dim byd, ond nid oedd yr un ffordd arall i mewn i'r adeilad. Allai o ddim coelio y gallai Dafydd aros o'r golwg am ddiwrnod cyfan arall gyda'r heddlu ar ei ôl. Na, byddai'n rhaid iddo nôl y dogfennau o'r llyfrgell heno. Er gwaetha'r coffi a'r tabledi teimlai'r Lladdwr yn flinedig.

Gadawodd y car i fynd am dro o amgylch yr adeilad unwaith eto i wneud yn siŵr nad oedd unrhyw ffordd arall i mewn iddo. Roedd newydd droi'r gornel pan glywodd glec o'r tu fewn, fel petai cadair drom wedi disgyn ar ei hochr. Daliodd ei wynt a rhewi yn ei unfan gan wrando'n astud.

Er iddo aros yn ei unfan am bum munud, ni chlywodd yr un smic arall. Ond nid oedd amheuaeth yn ei feddwl. Roedd yn siŵr bod Dafydd bellach y tu mewn i'r llyfrgell. Roedd dau ddewis ganddo, un ai mynd i mewn i'r llyfrgell ar ei ôl neu ddisgwyl amdano y tu allan. Gan iddo fethu ei weld yn mynd i mewn, rhaid oedd iddo fynd ar ei ôl neu gallai ei golli eto. Teimlodd yr hen gyffro'n rhedeg trwy'i wythiennau eto wrth fynd at y ffenestr ochr. Tynnodd ei got a'i rhoi dros y gwydr cyn ei daro'n galed â'i benelin. Prin y gallai glywed y gwydr yn disgyn ar y llawr.

*   *   *

Er gwaethaf y tywyllwch, daeth Dafydd o hyd i'r bocs yn cynnwys y dogfennau yn weddol ddidrafferth. Roedd yn sefyll ar gadair ac wrthi'n rhoi'r bocs 'nôl ar y silff pan glywodd sŵn, fel petai potel lefrith yn cael ei thorri. Ei dro ef oedd hi i rewi yn ei unfan yn awr. Teimlai fel petai wedi'i barlysu a dim ond yr un sŵn eto, yn ddistawach ond yn fwy bygythiol y tro yma, a'i sbardunodd i symud.

Gwthiodd y bocs 'nôl ar y silff yn flêr cyn camu i'r llawr a gwthio'r gadair o'r ffordd. Stwffiodd y dogfennau i'w rycsac a tharo honno dros ei ysgwydd. Roedd ei feddwl a'i galon yn rasio'n wyllt a'i geg yn sych. Teimlai ei goesau'n wan.

Gwyddai heb amheuaeth fod rhywun tu mewn i'r adeilad, ac ni chredai am eiliad mai lleidr neu ladron oedd yno. Roedd grisiau canolog llydan yn cysylltu dau lawr y llyfrgell gyda'i gilydd ac yn arwain i'r dderbynfa. Trwy'r ffenestri llydan goleuai lampau'r stryd y grisiau, a disgwyliai weld rhywun yn ymddangos yno unrhyw eiliad. Ond yn y cefn roedd grisiau tân metel ar y tu allan gyda drws wedi'i baentio'n wyrdd yn eu gwarchod. Roedd arwydd o rybudd fod larwm ar y drws, ond gwyddai Dafydd mai rhybudd gwag oedd hwnnw.

Aeth at y drws gan afael yn dynn yn y bar metel oer a'i godi'n boenus o araf nes teimlo, yn hytrach na chlywed, clic y bollt yn rhyddhau'r drws. Gwthiodd ef ar agor yn araf gan deimlo oerfel y noson ar ei wyneb. Roedd yn disgwyl clywed gwich o gyfeiriad y drws unrhyw eiliad. Daliai i edrych tuag yn ôl, ond nid oedd dim byd i'w weld na'i glywed yno. Camodd ar ben y grisiau metel a chau'r drws yn ofalus ar ei ôl gyda chlic ysgafn. Yna roedd yn llamu i lawr y grisiau gan geisio gwneud cyn lleied o sŵn â phosibl. Ond boddai sŵn curiad ei galon bopeth.

*   *   *

Unwaith y camodd y Lladdwr dros y gwydr ar y llawr ger y ffenestr fe symudodd yn gyflym ond yn ddistaw. O hir brofiad gwyddai nad oedd unrhyw ddiben cerdded yn ofalus araf wrth chwilio am berson arall – gwell oedd symud yn gyflym a cheisio codi ofn ar yr un roedd yn ei hela. Gwyddai nad oedd dim byd ganddo i'w ofni gan Dafydd.

Edrychodd y tu ôl i'r ddesg yn y dderbynfa cyn hanner rhedeg o amgylch y silffoedd o lyfrau gyda'i ddwy law o'i flaen yn barod i ymosod. Yna trodd tuag at y grisiau oedd yn arwain at y llawr cyntaf. Camodd i fyny'r rheiny ddwy ar y tro ond, hanner ffordd i fyny, clywodd glic ysgafn ac arhosodd yn ei unfan er mwyn ceisio lleoli'r sŵn. Atgoffai ef o far metel yn taro yn erbyn un arall, ac wedi oedi eiliad arall camodd ymlaen i'r llawr uchaf a dechrau chwilio o amgylch y silffoedd yno. Ond roedd y sŵn yn dal i'w boeni.

Sylwodd y Lladdwr fod cadair yn sefyll ar ei phen ei hun a bod bocs wedi'i osod yn gam ar dop y silff. Rhaid bod Dafydd wedi bod yno'n barod, ond beth oedd y sŵn a glywodd? Gwelodd y drws gyda'r bar metel arno, ac er gwaetha'r arwydd rhybudd gwthiodd ef ar agor. Roedd mewn pryd i weld cysgod rhywun yn rhedeg ar draws y maes parcio ac at stryd gul. Rhaid mai Dafydd oedd hwnnw. Rhegodd y Lladdwr gan lamu i lawr y grisiau cyn carlamu ar ôl y gohebydd papur newydd oedd unwaith eto wedi llwyddo i'w dwyllo.

*　　　　　*　　　　　*

Taflodd Dafydd gipolwg olaf dros ei ysgwydd wrth gyrraedd y stryd a gwelodd gysgod du yn camu trwy'r drws ar ben dihangfa dân y llyfrgell. Hoeliwyd ei lygaid gan yr olygfa tu ôl iddo a rhedodd ar ei ben i'r polyn concrit isel oedd yno i rwystro ceir. Tarodd ei ben-glin yn giaidd gan rwygo'r trowsus a chleisio'r asgwrn nes ei fod bron â gweiddi. Trawodd ei ben ar y concrit gan grafu'r croen i'r cnawd. Disgynnodd ar ei ochr yn galed gan rowlio drosodd, ond llwyddodd i godi a dal i redeg mewn un symudiad.

Gyrrai'r adrenalin ef ymlaen lle y buasai fel arfer wedi aros i drin ei glwyfau, ond nid oedd amser ganddo i wneud hynny'n awr. Eiliadau'n unig y tu ôl iddo roedd y person laddodd Emyr, ei ffrind. Rhedodd nerth ei enaid gan gofio'r stryd droellog o ddyddiau ei blentyndod. Estynnodd i'w boced am yr allweddi a diolchodd yn ddistaw ei fod wedi gadael drws y car heb ei gloi. Ni fentrodd edrych yn ôl eto rhag ofn cael codwm arall.

Cyrhaeddodd y car ac agor y drws, eistedd gyda'r rycsac yn dal ar ei gefn a gwthio'r allwedd i'r clo gan danio'r car heb oedi dim, rhyddhau'r handbrêc a gwthio'r pedal yn galed nes bod y car yn sgrialu ymaith mewn cyfres o symudiadau brysiog a ffwdanus. Edrychodd yn y drych a gweld y cysgod yn carlamu'n nes gan ei ddilyn am ychydig eiliadau ar y ffordd cyn rhoi'r gorau iddi. Ond gwelodd wyneb y dyn dan olau lamp, ac ni welsai erioed y fath olwg penderfynol yn ei fywyd. Sylwodd ei fod yn crynu fel deilen.

*   *   *

Rhedodd y Lladdwr cyn galeted ag y gallai, ac ar ôl gweld Dafydd yn disgyn gan ebychu mewn poen gwyddai y gallai ei ddal heb drafferth. Byddai'n rhaid iddo benderfynu beth i'w wneud gydag ef – ei ladd, neu ei adael yn fyw i geisio cyfiawnhau ei hun ac egluro popeth i'r heddlu. Sylweddolodd yn sydyn na fuasai wedi meddwl fel hyn rai blynyddoedd yn ôl, hyd yn oed fisoedd yn ôl.

Trodd ei sylw 'nôl i'r stryd gul gan geisio cadw llygad am rwystrau a allai ei faglu a difetha popeth. Yna fe gafodd popeth ei chwalu wrth iddo glywed sŵn car yn cychwyn. Gwthiodd ei hunan ymlaen yn galed rownd y gornel mewn pryd i weld y car, gyda Dafydd wrth y llyw, yn sgrialu ymaith. Rhedodd i ganol y ffordd. Roedd ei ysgyfaint yn sgrechian a theimlodd y gwn wedi'i ddal yn dynn wrth waelod ei gefn gan ei felt. Am ychydig eiliadau roedd pen Dafydd i'w weld yn glir trwy ffenestr y car, a gwyddai'r Lladdwr y gallai fod wedi ei saethu. Ac yntau'n arbenigwr ar ynnau, fuasai targed yn teithio ar linell syth mewn golau da ddim yn broblem.

Ond ni thynnodd y gwn o'i wain. Yn hytrach gafaelodd yn y ffôn symudol a galw'i reolwyr yn Llundain, gan feddwl yn sydyn ei bod yn rhyfedd na châi siarad gyda'r Cyrnol. Achosodd ei alwad banic llwyr yn swyddfa Kilmarnock yn Llundain, ac o fewn pedwar munud roedd yr hofrenydd gyda'r milwyr arfog wedi'i sgramblo o faes awyr y Fali. Roedd y chwilio am Dafydd wedi troi'n helfa, gyda'r gorchymyn clir y dylid ei ladd.

Pennod 14

Y Goedwig

Taflodd Dafydd y drws ar agor, ac yn reddfol crymodd ei gefn wrth iddo neidio allan o'r blwch ffôn a dechrau rhedeg yn ei gwrcwd. Clywodd wydr yn chwalu yn rhywle. Teimlai awyr y nos yn oer ar ei wyneb ar ôl cysgod y blwch ffôn. Yna teimlodd fel petai wedi cael dyrnod galed yn ei fraich, a honno'n ei daflu ar ei wyneb i'r pridd a'r gwair gwlyb.

Rhowliodd ddwywaith yn flêr gan godi'n sydyn i boeri'r baw gwlyb o'i geg cyn plymio fel deifiwr trwy'r gwrych trwchus i'r goedwig. Daliodd i redeg gan osgoi'r boncyffion a'r canghennau isel heb feiddio edrych tu ôl iddo. Gwyddai'n union ble roedd, gan iddo fod yng nghoedwig Hafren sawl tro.

Cofiodd fod ffos ddofn yn rhywle tua'r dde ger hen lwybr cerdded. Credai fod pibelli llydan o goncrid trwchus yn y ffos i'w rhwystro rhag chwalu dan bwysau'r glaw trwm. Roedd y ffos yn arwain bum can llath i ganol y goedwig ac at afon. Ni wyddai Dafydd pwy na beth yn union oedd yn ei erlid, na sut y llwyddon nhw i'w gyrraedd mor gyflym, ond gwyddai eu bod yno ac nid oedd am aros i weld a oedden nhw'n dal i'w ddilyn ai peidio. Daliai rhybudd y Cyrnol i chwyrlïo yn ei ben, '*Rheda, paid aros, neu mi wnaiff dy ladd.*' Gwyddai eu bod am geisio'i ladd. Gweddïai y gallai gyrraedd y ffos yn fuan.

Roedd ei ysgyfaint yn llosgi, ei goesau'n drwm a'i bengliniau'n gwingo lle disgynnodd yn gynharach. Wrth geisio cofio ble roedd y ffos ac osgoi'r canghennau, sylwodd fod ei fraich dde yn hongian wrth ei ochr gan ei orfodi i redeg yn gam i gadw'i gydbwysedd. Rhaid ei fod wedi'i tharo yn erbyn carreg neu rywbeth wrth ddisgyn, meddyliodd. Teimlai ei ddwylo'n wlyb hefyd. Ond dianc o gyrraedd y rhai oedd yn ei erlyn oedd y peth pwysicaf ar ei feddwl ar hyn o bryd.

Yna gwelodd arwydd llwybr cerdded melyn o'i flaen, a gwyddai fod y ffos ychydig gamau y tu ôl i'r llwyn trwchus. Neidiodd iddi a gwyro cyn taflu'i hun ar ei hyd i'r bibell a llusgo'i hun yn ei flaen â bysedd un llaw; ar yr un pryd roedd yn gwthio â'i goesau gan grafu gweddill y croen oddi ar ei bengliniau. Fel petaent yn ddim ond papur, chwalodd ei ewinedd a chroen a chnawd tyner blaenau ei fysedd bron i'r asgwrn wrth iddo dynnu'i gorff yn ddyfnach i loches y bibell.

Er gwaetha'r boen arteithiol, gyrrodd ei hun ymlaen trwy'r tywyllwch nes teimlo'r bibell yn troi, a gallodd aros am funud i ddal ei wynt a gwrando am sŵn unrhyw un oedd yn ei erlyn. Distawrwydd llwyr – oni bai am ei galon yn curo'n boenus a'i anadl yn cael ei llyncu'n farus.

Teimlai ei fraich dde fel petai wedi cael ei tharo â rhaw erbyn hyn, a gyrrai donnau poenus trwy'i gorff gan wneud iddo fod eisiau chwydu. Trodd ar ei gefn a theimlo'i fraich gyda'i law chwith. Roedd hi'n wlyb, ond feiddiai o mo'i chyffwrdd yn rhy galed.

Gwasgodd fotwm golau bychan yr oriawr ddrud oedd ganddo ers ei gyfnod yn Llundain a gweld bod ei law yn goch gan waed. Edrychodd ar ei fraich – roedd gwaed yn staenio'r llawes yn ddu a thwll blêr yn nefnydd ei got. Gwaethygodd y boen gan wneud iddo deimlo'n benysgafn, ac oni bai ei fod ar wastad ei gefn mewn bibell goncrid buasai wedi llewygu. Gwyddai fod raid iddo atal y gwaedu ar unwaith. Rhaid ei fod wedi colli tipyn o waed yn barod wrth redeg mor galed.

Clywodd daran ddofn yn rhuo am rai eiliadau ar y gorwel gan rybuddio fod glaw trwm yn agosáu. Dyna'r oll dwi angen, meddyliodd, ac yntau'n gorwedd yn y ffos storm a ddefnyddid i ddraenio dŵr o'r goedwig. Byddai honno wedi gorlifo a boddi popeth oedd ynddi o fewn ychydig amser.

*   *   *

Trodd Simon Jones drwyn yr hofrenydd yn ôl dros yr un rhan o'r goedwig am y trydydd tro mewn pum munud. Syllodd yn agos ar sgrin werdd y camera *infra red,* ond ni welai ddim arni hi heblaw am gysgod gwyrdd y ddau filwr oedd yn chwilio'r goedwig. Roedd y terfysgwr roedden nhw'n ei erlid wedi diflannu.

'Dwi am i ti hedfan yn uwch a gwneud *sweep* arall o'r goedwig, ac estynna'r ffiniau tua phum can llath. Anodd gen i gredu y gallai o fod wedi rhedeg cyn belled mor gyflym dros y fath dir, ond mae'n rhaid i ni ei ddal,' gorchmynnodd y swyddog oedd ar ei gwrcwd yng nghefn yr hofrenydd.

Cododd Simon drwyn yr hofrenydd yn uwch eto i daflu golwg dros ardal ehangach ond eto ni ddangosai dim byd ar y sgrin. Er y gwyddai fod y ddau filwr a eisteddai tu cefn iddo yn edrych ar y sgrin hefyd, trodd atynt i ysgwyd ei ben.

'Mae hynna'n amhosibl,' gwaeddodd y swyddog gan daro llawr yr hofrenydd â'i ddwrn. Roedd ei law arall yn dal i afael yn dynn yn y reiffl *Heckler& Koch* oedd ar felt lledr o amgylch ei wddf. 'All neb symud mor gyflym â hynna, neb!' Roedd fel petai'n ceisio darbwyllo'i hun fod y targed yn dal o fewn cyrraedd. Cododd ei law at ei wddf i wasgu botwm y trosglwyddydd radio bychan oedd yno.

'Coch tri a pedwar, beth ydi'r sefyllfa?' meddai gan gyfeirio at y ddau filwr oedd wedi neidio o'r hofrenydd funudau ynghynt. 'Ydych chi wedi gweld unrhyw arwydd? Does dim byd yn dangos ar ein sgrin ni yn fama, beth am eich *infra red* chi?' meddai gan bwyso ymlaen i graffu ar y sgrin o flaen y ddau beilot. Bu distawrwydd am eiliad neu ddwy cyn i'r llais cryg ar y radio ateb.

'Alla i ddim symud, dwi wedi torri nghoes, dwi'n meddwl, ond dwi'n gallu gweld o nghwmpas yn glir a dwi heb weld dim byd yn symud. Mae'r *infra red* yn gweithio'n iawn.'

Daeth llais arall ar ei draws yn sydyn, a hwnnw allan o wynt. 'Dim byd gen i chwaith. Dwi wedi rhedeg mewn cylchoedd yma. Roeddwn yn siŵr i gychwyn mod i bron â'i ddal ond yna fe ddiflannodd. Rhaid ei fod yn cuddio yng nghysgod craig neu rywbeth, achos yn bendant dydi o heb fynd ymhellach neu byddem wedi'i weld. Os gwela i o, ydw i'n dal fod i'w saethu'n farw?' Brwydrai am ei anadl rhwng pob yn ail air.

'Dyna'r gorchymyn gan yr uwch-swyddog sy'n rheoli'r cyrch yma; aros lle rwyt ti, mi laniwn er mwyn i ni dy helpu i chwilio, a gall yr hofrenydd fynd ymlaen i gadw golwg uwchben.' Erbyn hyn roedd y panic yn llais y swyddog yn amlwg. Poenai fod ei gyrch cyntaf am fod yn fethiant llwyr. 'Mi rydan ni'n siŵr o gael hyd iddo, felly,' meddai gan geisio'i argyhoeddi ei hun.

'Rhaid ei fod yn brofiadol iawn i allu cuddio fel hyn. Pawb i fod yn ofalus,' meddai wrth gau ei ddwrn yn wyneb y peilot, codi'i fawd ac yna ei droi wyneb i waered i bwyntio at y ddaear. Plymiodd yr hofrenydd ar unwaith.

*   *   *

Roedd y Cyrnol wedi codi'r derbynnydd oddi ar ei ddesg cyn i'r gloch orffen canu y tro cyntaf, ac roedd wedi cyfarth ei enw. Rhaid fod hon yn alwad bwysig i ddod ynghanol y nos.

'Ro'n i'n meddwl y byswn i'n cael hyd i ti yno,' meddai llais John, ei gyfaill yn y gwasanaeth cudd, yr un roedd wedi cwrdd ag e yn y dafarn lai na deuddeg awr ynghynt.

'Ti heb glywed y diweddara, felly?' gofynnodd yr un llais. Gan na chafodd ateb aeth hwnnw yn ei flaen.

'Mae'r Prif Weinidog am gyhoeddi'i ymddiswyddiad o fewn diwrnod am resymau iechyd, a does dim rhaid i ti ddyfalu pwy fydd yn ei olynu. Ac rydw i newydd glywed bod Syr Humphrey eisoes wedi cymryd yr awenau yn MI5. Fydd hi ddim yn hir cyn y bydd yr holl archif dan ei reolaeth. Rwyt ti'n gwybod beth allai hynny ei olygu.' Gyda hynny o rybudd brysiog aeth y ffôn yn fud.

Ni ddywedodd y Cyrnol air wrth roi'r derbynnydd 'nôl yn ei grud yn ysgafn, ond gwyddai fod ganddo lai na diwrnod i gael gafael ar y dogfennau a'u defnyddio. Fel arall byddai'r Prif Weinidog newydd yn gallu dechrau tynhau ei afael ar y swydd. Gwyddai y byddai'r pŵer ganddo erbyn hynny i atal unrhyw wybodaeth beryglus rhag cael ei datgelu.

*   *   *

Roedd y Lladdwr yn agosáu at goedwig Hafren gyda derbynnydd bychan yn ei glust oedd yn ei alluogi i wrando ar sgyrsiau'r milwyr a chriw yr hofrenydd. Fedrai o ddim peidio ag edmygu'r modd roedd Dafydd Smith yn dal i osgoi'r milwyr er gwaetha'u holl brofiad a'u harbenigedd gyda'u hofrenydd a'r offer technolegol diweddara.

'Ble wyt ti'n cuddio, felly?' gofynnodd iddo'i hun gan edrych ar y map roedd wedi'i agor ar sedd y teithiwr. Credai fod Dafydd yn adnabod yr ardal yn dda ac yn gwybod am le cuddio. Os nad oedd y milwyr na'r hofrenydd uwchben yn gweld dim gyda'r offer *infra red,* rhaid felly bod Dafydd dan gysgod. Ond byddai aros yn ei unfan yn rhy hir yn beryglus gan fod y milwyr yn chwilio'r goedwig ar droed. Roedd rhagor o filwyr ar y ffordd hefyd.

'Rhaid dy fod ti'n dal i symud, ond eto dan gysgod. Shwd rwyt ti'n llwyddo i wneud hynna?' meddai'r Lladdwr yn uchel gan ddilyn llinellau'r map yn ofalus. Dyna'r lle roedd y ciosg a'r lle y gwelwyd Dafydd am y tro olaf. Saethwyd nifer o ergydion tuag ato ac roedd un o'r milwyr wedi gweld gwaed ar y llawr. Efallai ei fod wedi'i daro gan fwled, neu wedi torri'i law ar y gwydr. Ond yn bendant roedd wedi'i glwyfo.

Yna fe'i gwelwyd gan beilot yr hofrenydd yn rhedeg i gyfeiriad y de-ddwyrain, ond pam y cyfeiriad hwnnw? Roedd hynny'n golygu dringo allt fechan, ac fel arfer buasai rhywun sy'n ffoi yn dewis rhedeg i lawr allt – neu o leiaf ar dir gwastad. Pam dewis y ffordd anoddaf, ac yntau'n gwybod fod pobl arfog yn ei erlid?

Edrychodd y Lladdwr yn fanylach ar y map a gallai weld amryw o lwybrau'n cris-croesi'r goedwig. Ond yna, yn eu canol, bron o'r golwg oherwydd y myrdd llinellau amryliw, gwelodd rywbeth rhyfedd. Roedd llinell fach las yn dod i ben heb reswm ac yna'n ailgychwyn: mae'n rhaid bod yno nant oedd yn llifo trwy bibell danddaearol. Roedd honno'n arwain yn syth at afon oedd ynghanol y goedwig. Roedd yr afon tu allan i gylch chwilio'r milwyr.

'Tybed?' gofynnodd. 'Tybed ai dyna shwd rwyt ti'n cadw o'r golwg? A ble faset ti'n mynd wedyn?' Gwelai fod yr afon yn arwain at gyrion y goedwig cyn croesi o dan y ffordd. Gwyddai o'r gorchmynion a glywsai'n gynharach fod yr heddlu'n cadw llygad ar y ffyrdd ac yn rhwystro unrhyw draffig rhag mynd i mewn i'r ardal.

'Dyna ble rwyt ti'n anelu amdano. Ti'n gwaedu, ti eisiau mynd oddi yno'n gyflym, felly yr hewl fase'r llwybr hawsaf i ti ei ddilyn.' Cychwynnodd y car gan gynllunio'i daith yn gyflym gyda'r map i osgoi'r hofrenydd a'r milwyr. Ond ni ystyriodd am eiliad roi gorchymyn iddynt i geisio chwilio'r ffos yn y goedwig. Her bersonol oedd hon bellach.

*   *   *

Cysgu roedd Ifan pan glywodd y gorchymyn dros ei radio i rwystro unrhyw draffig rhag mynd yn agos i ardal coedwig Hafren. Roedd hi'n rhyfedd iawn, meddyliodd, nad oedd wedi clywed yr un cais am ambiwlans na heddlu i fynd i'r ardal, dim ond rhybudd i gadw pawb draw, gan gynnwys yr heddlu. Ond nid oedd yn poeni mwyach gan ei fod wedi penderfynu eisoes, cyn gwthio'i sedd yn ôl, ei fod am roi llythyr o ymddiswyddiad ar ddesg yr Inspector yn y bore, unwaith y byddai wedi cwblhau ei shifft.

Parciodd ei gar ar draws y ffordd a phenderfynodd ymestyn ei goesau, oedd wedi cyffio yn y car bychan, a dechrau ystyried beth roedd am ei wneud gyda gweddill ei fywyd.

Penderfyniad

Cododd Dafydd o'r afon dan grynu. Roedd yn wlyb at ei groen, ond o leiaf roedd oerfel yr afon wedi lleddfu rhywfaint ar boen y fwled oedd yn ei fraich, ac atal y gwaedu hefyd, meddyliodd. Teimlai'n benysgafn ac roedd ei geg yn sychach nag erioed.

Gwyrodd i bwyso ar goeden i geisio dal ei wynt a phenderfynu pa gyfeiriad i fynd nesaf. Teimlodd gyfog yn codi o'i stumog. Fflachiodd mellten ar draws yr awyr ac fe'i dilynwyd bron yn syth gan glec o daran. Ysgydwai'r coed yn y gwynt a theimlai'r murmur ysgafn yn yr awyr a rybuddiai fod y glaw bron â chyrraedd.

Canolbwyntiodd yn llwyr ar ei sefyllfa bresennol. Os oedd y tro yn yr afon yma, a'r beipen ddŵr y tu ôl iddo, yna rhaid ei fod ond rhyw ganllath neu fwy o'r ffordd fawr.

Taflodd gipolwg brysiog dros ei ysgwydd ond ni allai weld dim ac roedd ei goesau'n teimlo mor drwm bellach â'i ddillad a'i esgidiau'n llawn dŵr. Os deuai rhywun ar ei draws rŵan, gwyddai na allai byth ddianc. Cerddai fel petai mewn breuddwyd, a phan ddaeth at weiren bigog oedd ond llathen o uchder, bu bron iddi â'i drechu.

Safodd ar y weiren isaf a chodi'i goes drosodd tra oedd y ffens yn ysgwyd yn ffyrnig fel tarw yn ceisio'i daflu oddi ar ei gefn. Bu'n rhaid iddo afael yn sydyn yn y ffens gyda'i law dde i'w atal rhag disgyn. Teimlodd y bachyn creulon yn tyllu trwy'r cnawd, ond ni feiddiodd ollwng ei afael er gwaetha'r boen. Ofnai petai'n disgyn na fyddai fyth yn gallu codi ar ei draed eto.

Glaniodd ei droed yn glep ar ochr arall y ffens a thynnodd ei law oddi ar y weiren gan deimlo'r croen yn rhwygo. Bu bron iddo â llewygu, a chymerodd rai eiliadau iddo gael y nerth i faglu i'r ffordd cyn disgyn ar ei bengliniau.

A dyna pryd y sylwodd fod car yr heddlu wedi'i barcio lathenni'n unig oddi wrtho. Er bod y golau glas yn fflachio'n lliwgar, ar y lamp fechan oedd ynghynn tu fewn i'r car y sylwodd Dafydd yn gyntaf, gan ei bod yn goleuo wyneb Ifan Llewelyn.

*　　　　*　　　　*

Gwelodd Ifan symudiad yng nghhornel ei lygaid a throdd mewn pryd i weld ei ffrind gorau'n baglu i ganol y ffordd cyn disgyn ar ei liniau. Roedd ei wallt wedi'i blastro dros ei wyneb a glynai ei ddillad gwlyb at ei gorff. Gwelai waed yn staenio llawes ei grys ac roedd mwy o waed ar y ffordd lle pwysai â'i law. Ond wyneb Dafydd a gododd yr ofn mwyaf ar Ifan. Roedd yn wyn fel y galchen gyda'r croen yn dynn dros esgyrn ei wyneb ac roedd ei lygaid, a syllai'n hurt i gyfeiriad Ifan, wedi suddo'n ddwfn i'w ben.

Neidiodd Ifan o'r car gan dynnu'i got wrth ruthro ato a thaflu honno o amgylch ysgwyddau ei ffrind a gafael ynddo'n dynn i'w atal rhag disgyn i'r llawr. Gyda fflach a chlec dechreuodd y glaw arllwys gan foddi popeth mewn eiliadau.

'Dafydd, beth yn y byd mawr sy wedi digwydd? Ti'n iawn? Lle wyt ti wedi bod, oes rhywun ar dy ôl di?' Wrth i Ifan siarad cododd Dafydd ar ei draed a hanner ei lusgo

135

i'r car. Caeodd y drws ar eu holau ac estyn am ei fflasg o goffi. Crynai Dafydd yn afreolus gan afael yn dynn yn y got oedd am ei ysgwyddau.

'Beth goblyn sy wedi digwydd ichdi? Pam wyt ti'n gwaedu? Lle ti wedi dy glwyfo?' Wrth i Ifan holi fe dolltodd lond mwg plastig o goffi poeth a'i ddal o flaen gwefusau Dafydd, ac fe lowciodd hwnnw'r cyfan yn farus gan golli ychydig i lawr ei ên gan ei fod yn crynu gymaint. Ail-lenwodd Ifan y cwpan ar unwaith.

'Mae'n rhaid i ti fy nghoelio, nid y fi laddodd Emyr na Mrs Morse,' meddai Dafydd mewn llais bloesg. 'Ac mae 'na rywun ar fy ôl; maen nhw wedi gwneud eu gorau i'm saethu'n barod. Gwylia! Falla y byddan nhw yma unrhyw funud!' meddai gan afael mor galed ag un llaw ym mraich Ifan nes i hwnnw wingo mewn poen.

'Mi wna i alw am help rŵan, ac ambiwlans i chdi, ac yna mi wna i rwymo'r clwyfau yma i atal y gwaedu ac mi gei di ddweud wrtha i beth sydd wedi digwydd. A paid â phoeni, Dafydd, dwi'n credu pob gair ti'n ddweud wrtha i. Cymer dy amser rŵan, paid cynhyrfu ac yfa fwy o'r coffi yna.' Gyda hynny estynnodd Ifan am y radio.

*   *   *

Roedd yn amlwg fod panic yn llethu arweinydd y milwyr oedd yn chwilio am Dafydd yn y goedwig. Clywai'r Lladdwr hynny'n glir, hyd yn oed dros y tonfeddi radio, a rhyfeddai sut roeddent wedi caniatáu i rywun dibrofiad fod yng ngofal cyrch o'r fath. Ond eto, pa gyrch oedd hwn? Dim byd ond hela gohebydd papur newydd am bentwr o ddogfennau i achub gyrfaoedd!

Roedd y Lladdwr wedi darllen ambell un o'r

dogfennau cyn eu hanfon 'nôl i Lundain ac roedd yn dod yn fwyfwy amlwg pam fod cymaint o frys i gael gafael arnynt. Gwyddai'n iawn pwy oedd Ian Kilmarnock a Syr Humphrey Watkins. Cofiai'r ddau o'u cyfnod yng Ngogledd Iwerddon; doedd gan neb air da i'w ddweud amdanynt a neb yn siŵr iawn i bwy roeddent yn gweithio. Synnai fod y Cyrnol, o bawb, yn gweithio iddynt.

Yna gwelodd olau glas yn fflachio o'i flaen, ac wrth nesáu gwelodd mai car heddlu oedd yno. Teimlodd yn ei boced am ei gerdyn adnabod ffug wrth iddo barcio'r car, a sylwodd trwy'r glaw trwm fod dau heddwas yn eistedd ochr yn ochr yn y car. Tarodd ei law yn ysgafn ar ei boced i wneud yn siŵr bod y llawddryll yno'n barod.

Rhedodd tuag at gar yr heddlu gan ddal coler ei got yn uchel i geisio atal y glaw rhag llifo i lawr ei gefn. Cyrhaeddodd y car a churo ar y ffenestr. Dyna pryd y sylwodd ar y cadach gwaedlyd ar un sedd, a bod un o'r ddau yn y car mewn lifrai ond nad oedd y llall yn gwisgo crys o dan y got heddlu oedd dros ei ysgwydd. Roedd cerpyn gwaedlyd am ei law ac am ei fraich. Cyn edrych ar ei wyneb gwyddai'r Lladdwr ei fod wedi dal Dafydd Smith o'r diwedd.

*   *   *

Hanner ffordd trwy geisio dweud wrth Ifan bopeth oedd wedi digwydd iddo yn ystod pedair awr ar hugain hiraf ei fywyd roedd Dafydd pan glywodd gnoc ar ffenestr y car.

Gyda llond ei fol o goffi poeth, a gwres car yr heddlu'n ei gysuro, heb sôn am gwmni ei ffrind, teimlai'n ddiogel. Roedd yr ofn yn dechrau mynd yn angof. Teimlai fel petai'r glaw ar do'r car yn canu hwiangerdd i'w suo i gysgu. Yn fuan byddai'n ddiogel mewn ysbyty a byddai popeth drosodd. Clywodd y gnoc ar y ffenestr ar yr un pryd ag y gwelodd yr wyneb yn syllu arno. Er nad oedd wedi'i weld o'r blaen, gwyddai Dafydd fod y Lladdwr wedi'i ddal.

'Lladdwr! Ifan, mae o wedi cyrraedd! Mae o wedi fy nal!' Eisteddai Ifan a'i gefn at y ffenestr, ac erbyn i'r drws agor roedd llawddryll yn pwyntio at ei ben a gŵr canol oed â wyneb caled yn syllu arno.

'Neb i symud os gwelwch yn dda; os gwnaiff y ddau ohonoch chi fihafio yna fydd dim problem a chaiff neb eu hanafu,' meddai'r gŵr roedd Dafydd wedi'i alw'n Lladdwr. Safodd yno gyda'i ben a'i ysgwyddau yng nghysgod y car a'r gwn yn berffaith lonydd yn ei law.

Credai Dafydd fod popeth ar ben. Wedi'r ras wyllt mewn car ac ar droed trwy'r nos, ac yntau wedi llwyddo i achub copi o'r dogfennau, un funud credai ei fod yn ddiogel ac yna chwalwyd ei obeithion. Roedd holl deimladau'r diwrnod a'r sioc o gael ei saethu'n ormod iddo. Dechreuodd wylo.

'Efallai eich bod yn meddwl eich bod wedi ennill, ac wedi lladd pawb sy'n gwybod yr hanes,' meddai trwy ei ddagrau, 'ond rydach chi wedi anghofio rhywbeth. Mae copi o'r dogfennau wedi cyrraedd y Cyrnol erbyn hyn a bydd o'n gwybod yn iawn beth i wneud â nhw. Felly mi allwch ein lladd ni, ond chi fydd yn colli yn y diwedd.'

Roedd wedi dechrau codi yn ei sedd, ond nawr disgynnodd 'nôl wedi llwyr ymlâdd. Cododd y Lladdwr ei fys at ei geg i atal Ifan rhag dweud dim, ac roedd y gwn yn dal i bwyntio at ei ben. Teimlai Ifan fel llygoden mewn trap, ond ni wyddai beth i'w wneud nesaf.

'Pwy yw'r Cyrnol yma rwyt ti'n sôn amdano? Rwyt ti wedi anfon copi o'r dogfennau yma ato fe?'

Agorodd Dafydd ei lygaid a nodio. 'Mi wnes i ddau gopi arall yn y llyfrgell a dwi wedi'u postio nhw ar wahân. Does dim digon o amser . . .'

Torrodd y Lladdwr ar ei draws a'i lais yn codi. 'Ateb fi. Pwy yw'r Cyrnol 'ma? Shwd rwyt ti'n ei nabod? Ateba, neu fe ladda i di yn y fan a'r lle.'

Rhwng y boen yn ei fraich, a'r lludded, roedd Dafydd bron â llewygu ond gwelai fod hyn yn poeni'r dyn arfog.

'Mi wnes i siarad hefo fo ar y ffôn yn gynharach ar ôl iddo drefnu fy ryddhau o swyddfa'r heddlu. Mi wnaeth fy rhybuddio amdanoch chi, dweud y dylwn i redeg neu byddai'r Lladdwr yn siŵr o 'nal i.'

Er gwaethaf blynyddoedd o arfer hunan-reolaeth, bradychodd wyneb y Lladdwr ef wrth iddo glywed ei lysenw ers dyddiau cynnar y fyddin. 'Pwy wyt ti, felly?' gofynnodd y Lladdwr i Dafydd.

Edrychodd Dafydd yn herfeiddiol arno. 'Dafydd Smith, y newyddiadurwr sydd am gyhoeddi'r stori yma am dy benaethiaid di a'r llofruddiaethau roedden nhw'n gyfrifol amdanyn nhw yng Ngogledd Iwerddon, yn enw diogelwch cenedlaethol. Ac aberthu milwyr o Brydain hefyd, er mwyn diogelu'u ffynonellau nhw.' Sychodd y dagrau oddi ar ei wyneb ac roedd yn crynu unwaith eto wrth iddo fynd i sioc.

'Beth wyt ti'n feddwl, aberthu milwyr Prydain?' gofynnodd Abel, gan geisio cofio cynnwys y dogfennau roedd wedi eu darllen.

'Roedd un ohonyn nhw'n sôn am fom gafodd ei blannu ger croesffordd ym Melffast gan un o fudiadau eithafol y teyrngarwyr. Mi roedd aelod o wasanaethau cudd byddin Lloegr yn rhan o'r tîm hwnnw wnaeth osod y bom mewn lle o'r enw Kincorra. Yn ôl yr adroddiad roedd Ian Kilmarnock, neu Capten Kilmarnock fel roedd o ar y pryd, wedi cael gwybod am hyn, ddwy awr cyn i'r bom ffrwydro. Ond mi wnaeth o benderfynu ei adael yno a rhoi'r bai ar dri aelod o'r IRA. Mi gafodd y tri garchar am oes yn sgil y ffrwydrad. *Black ops,* dwi meddwl, 'dach chi'n galw digwyddiadau felly,' meddai Dafydd gan bwyso'i ben yn ôl ar y sedd.

Roedd wedi blino cymaint, byddai wrth ei fodd yn cael rhyw gyntun bach. Ond roedd yn rhaid iddo orffen adrodd yr hanes gyntaf fel bod y Lladdwr yma'n gwybod y byddai'r stori gyfan yn cael ei datgelu.

'Yn anffodus, roedd patrôl o filwyr o'r Gatrawd Gymreig yn yr ardal pan ffrwydrodd y bom a bu farw un ohonyn nhw. Pan oeddwn wrthi'n darllen y dogfennau yn y llyfrgell ddoe, mi wnes i sylweddoli mai fy nghefnder i oedd hwnnw, bachgen oedd wedi ymuno â'r fyddin er mwyn gweld y byd – ond aeth o ddim ymhellach na'r stryd wlyb honno ym Melffast. Mi gafodd o 'i aberthu er mwyn hybu gyrfaoedd dau ddyn, yr un rhai rwyt ti'n eu gwarchod rŵan. Gobeithio dy fod ti'n falch ohonot ti dy hun,' meddai Dafydd wrth i'w lais ddiffodd fel fflam ar waelod cannwyll.

Syllodd y Lladdwr yn galed arno am eiliad cyn gwneud penderfyniad. Trodd at Ifan cyn dechrau siarad.

'Edrycha ar ôl y dyn yma, mae e'n ddewr iawn. A gwna'n siŵr bod y dogfennau yna mae e'n sôn amdanyn nhw wedi cyrraedd dwylo'r Cyrnol.'

Wrth iddo siarad tynnodd y Lladdwr weiren radio'r car

yn rhydd, cymryd yr allweddi a'u taflu tu ôl iddo i ganol y tywyllwch. Gallai Ifan glywed utgorn ambiwlans a cheir heddlu yn agosáu er gwaethaf twrw'r glaw a'r taranau.

'A gair o gyngor, paid trafferthu ceisio chwilio amdana i; wnei di fyth lwyddo, dwi'n addo hynny i ti. Cofia hefyd 'mod i'n gwybod eich enwau chi a ble rydych chi'n byw ac yn gweithio. Felly byddwch yn ofalus beth rydych chi'n ei ddweud.'

Heb rybudd pellach camodd y Lladdwr yn ei ôl a chau drws y car yn glep gan adael Dafydd yn gorwedd mewn llewyg ac Ifan yn syllu'n syn.

Epilog

Yn yr Ysbyty

Roedd Ifan Llewelyn wedi bod yn eistedd wrth erchwyn gwely ei ffrind yn yr ysbyty ers toriad y wawr pan sylwodd fod Dafydd yn dechrau deffro o'r diwedd. Ar liniau Ifan roedd casgliad o bapurau newydd y bore hwnnw. Bu Dafydd yn cysgu'n drwm am ddau ddiwrnod – cyfuniad o flinder, ac effaith y llawdriniaeth a gawsai i dynnu'r fwled o'i fraich.

'Ro'n i meddwl nad oeddet ti byth am ddeffro,' meddai Ifan gan sefyll a rhoi'r papurau ar y gwely ger llaw dde Dafydd. 'Paid siarad am dipyn, aros i ti gael diod, rwyt ti'n siŵr o fod yn sychedig dros ben.' Estynnodd wydraid o ddŵr iddo a'i ddal yn ofalus tra yfodd Dafydd ychydig ohono.

'A dim ond dŵr ydi hwnna, cofia! Meddylia pa mor dda fydd peint yn ei flasu pan fyddi di'n ddigon da i adael fan hyn!' Gosododd Ifan y gwydryn 'nôl ar y bwrdd ger y gwely gan ei ail-lenwi o'r jwg a safai wrth ymyl tusw o flodau mewn fâs.

'Mae dy fam wedi bod yma ac mi fydd hi yn ei hôl yn fuan, mae'n siŵr; doedd neb yn disgwyl i ti ddeffro mor gynnar.' Trodd Ifan i wynebu'r ffenestr. Roedd yn amlwg ei fod yn oedi i ddewis ei eiriau'n ofalus.

'Yli, mae arna i ymddiheuriad i ti am beidio dy gredu. Dylswn fod wedi gwneud mwy i dy amddiffyn tra oeddet ti'n cael dy holi yn y swyddfa echdoe. Does gen i ddim esgus, a dwi'n gobeithio y gwnei di faddau imi.

'Maen nhw wedi llwyddo i dynnu'r fwled o dy fraich, ac mae'r rhagolygon yn dda er y byddi angen ffisiotherapi am rai wythnosau. Roedd y clwyf ar dy law yn fwy o broblem gan fod y weiren yn rhydlyd a'r toriad yn ddwfn, ond dylset fod yn iawn.' Gwenu wnaeth Dafydd gan nodio'i ben. Yna sylwodd ar y papurau newydd a cheisiodd godi un ohonynt yn ei law.

'Ti am imi ddweud be sy wedi bod yn digwydd, neu fasai'n well gen ti ddisgwyl am y tro?' gofynnodd Ifan. Ysgydwodd Dafydd ei ben cyn iddo orffen ei gwestiwn.

'Reit 'ta. Mae 'na nifer o straeon o ddiddordeb i chdi, dwi'n meddwl. Yn gyntaf, y stori fydd ar dudalen flaen rhifyn nesaf yr *Herald* – ond ei bod wedi'i gwerthu i bapurau cenedlaethol y wlad yn barod. A pan dwi'n dweud y wlad, dwi'n sôn am Brydain gyfan, heb sôn am America. Y cyfan ddyweda i yw hyn: rhaid fod perchennog yr *Herald* yn dipyn o gefnogwr Arsenal, achos mae o wedi mynnu bod dy enw di ar bob stori a gyhoeddwyd. Yn gryno iawn, mae'r stori'n dateglu'r camweithredu a fu yn y fyddin a'r gwasanethau cudd yn ystod y saithdegau a'r wythdegau.'

Oedodd Ifan i edrych ym myw llygaid ei gyfaill. 'Dwi'n meddwl dy fod ti'n ddigon realistig i ddeall nad ydi enwau'r prif gymeriadau wedi'u datgelu. Ond mae'r Ysgrifennydd Cartref wedi ymddeol yn ddirybudd – i edrych ar ôl ei wraig sy'n wael, meddai fo. Ac mae pwt yn y *Guardian* am reolwr-gyfarwyddwr newydd y gwasanaeth cudd, MI5. Maen nhw am gyhoeddi enwau'r prif swyddogion o hyn ymlaen, mae'n debyg, fel rhan o'u polisi o fod yn fwy agored. Y Cad-lywydd Paul Wright ydi'r pennaeth newydd, y Cyrnol neu *C* fel mae pawb yn ei alw – pawb sy'n ei adnabod, hynny yw,' meddai Ifan gan edrych ar Dafydd. Nid oedd yn gwybod popeth am yr hyn ddigwyddodd – o bell ffordd – ond yn amlwg roedd gan y Cyrnol yma ran allweddol i'w chwarae yn y stori.

'Mi fedri di ddychmygu faint o sylw mae'r stori 'ma wedi'i chael, a phawb eisiau cael gafael arnat ti. Dwi'n meddwl y bydd dy stori'n un werthfawr iawn i ti. Yn sicr, tydi hi heb wneud unrhyw niwed i mi chwaith – ac mae 'niolch i'n fawr i ti am hynny.

'Ond bydd yn ofalus sut rwyt ti'n ei defnyddio, gan gofio i rywun drio dy saethu. Tydi'r cymeriad yna – Lladdwr wnes ti ei alw? – tydi hwnnw heb ddod i'r golwg, a da o beth 'di hynny. Dwi'n dal i gael hunllefa wrth meddwl amdano fo. Bydd gen ti heddlu yn dy warchod am y tro, rhag ofn – ond, rhywsut, dwi ddim yn meddwl y daw o'n ei ôl i dy boeni di. Beth bynnag, dyna ddigon o siarad am y tro.'

Cerddodd Ifan yn ei ôl o amgylch y gwely ac at y bwrdd lle roedd y jwg a'r blodau.

'Rwyt ti wedi cael blodau hefyd, ond does dim syniad gen i gan bwy. Oes 'na ryw gyfrinach arall ti heb ddweud wrtha i, felly? Rhyw ferch yn y swyddfa, efallai?'

Er ei fod ar wastad ei gefn mewn ysbyty gwenodd Dafydd wrth feddwl am rywun o'r swyddfa yn anfon blodau ato.

'Ti am i mi agor y cerdyn i ti?' gofynnodd Ifan, ac o weld Dafydd yn hanner gwenu rhwygodd yr amlen fechan. Er mai brawddeg fer oedd arni, oedodd Ifan am amser hir cyn ei darllen allan i'w ffrind.

Brysiwch wella. Bydd ein llwybrau'n siŵr o groesi eto. Os byth y bydd arnoch eisiau cymorth – unrhyw bryd – cofiwch gysylltu. C.